COLLECTION POÉSIE

MARINA TSVÉTAÏÉVA

Le ciel brûle

suivi de

Tentative de jalousie

Préface de Zéno Bianu

Traductions de Pierre Léon
et d'Ève Malleret

nrf

GALLIMARD

MARINA TSVÉTAÏÉVA OU L'ÉTAT POÉTIQUE

« Nous sommes tous des loups, dans la forêt profonde de l'Éternité. »

M. T.

Si ce que nous nommons poésie n'est autre que l'intensification de notre être au monde, Marina Tsvétaïéva est assurément poète. Et parmi les plus grands. Selon la belle et singulière parole de Char, « c'est un saut latéral qui projette sur nous Marina Tsvétaïéva[1] *». Saut dans la vie, saut dans le vide à chaque instant. Saut de lumière noire entre les mots. Poète de l'infini départ, Tsvétaïéva disait avoir « soif de toutes les routes à la fois ». Inclassable, paroxystique, celle qui ne cessa de s'éprendre et de se déprendre (« Varier est mon affaire, Marina mon nom*[2] *») traversa son destin comme un phénix qui ne chante que dans le feu. Toujours vers le haut, toujours au-devant — à l'exacte vitesse de l'âme (« l'âme, le seul mot de toutes les langues qui ne supporte pas d'adjectif,*

1. *La planche de vivre*, *Poésie*/Gallimard, 1995, p. 13.
2. *Ibid.*, p. 72.

pas d'explicatif[1] *»).* Ici-haut, *comme le formule sans détour le titre d'un de ses recueils. Tissant un lien indissoluble entre le phrasé de son chant et le tempo de sa vie. Télescopages, ruptures de registres, accélérations, courts-circuits multiples facettent une œuvre-vie de* haute tension, *où jaillit une voix proprement inouïe, délivrée de « la suite continue des clichés régnants » (lettre de Pasternak, 25 mars 1926).*

En vérité, son existence tout entière apparaît comme un manifeste poétique. Un manifeste, où il s'agirait, dans et par-delà le poème, d'explorer sans fin l'état de poésie comme un état de conscience accrue. Il y a là une sorte d'indignation native, continue, fondatrice devant « l'inadmissibilité du monde[2] *», que Tsvétaïéva exprime au plus vif dans un poème de jeunesse :*

Je n'ai pas suivi la Loi, je n'ai pas communié.
Et jusqu'à l'heure dernière je pécherai
Comme j'ai péché et comme je pèche encore :
Avec passion ! Par tous les sens que Dieu me donne[3] !

Et qu'elle résume avec superbe en 1939, deux ans avant son suicide :

1. « Une lettre inédite de Marina Tsvétaeva », *Magazine littéraire*, n° 322, juin 1994, p. 77.

2. « La voix de Tsvétaïéva résonnait de quelque chose d'inconnu et d'effrayant pour l'oreille russe : l'inadmissibilité du monde », Joseph Brodsky, *Loin de Byzance*, Fayard, 1988, p. 178.

3. Poème du 26 septembre 1915, trad. Sylvie Técoutoff, *La Nouvelle Revue Française*, n° 268, avril 1975.

Au Créateur : grand temps
de rendre mon billet. [...]
À ton monde insensé
Je ne dis que : refus.

Refus des conformismes, des plis et des routines. La louve ne hurle jamais « avec les loups des places publiques ». Tablant sur son seul « non essentiel », elle n'épouse pas plus les causes de « gauche » de la Russie révolutionnaire que celles de « droite » de l'émigration russe parisienne. Adepte d'une contre-morale absolue, incapable de parler à voix basse, elle fraternise d'emblée avec toutes *les victimes. Récitant dans Moscou la Rouge des poèmes exaltant l'Armée blanche* et *célébrant le chant fulgurant de Maïakovski parmi la diaspora russe. « Ma tâche, dit-elle, c'est d'arracher tous les masques, même si la peau et la chair viennent avec*[1]*. » Ou l'art de récuser tous les sens convenus — de faire du foudroiement une règle de vie.*

Au sein de ce vertige unique, rien ne semble jamais assagi. Tout brûle et tout flamboie. « Dents serrées et le feu même », comme la décrit Pasternak, Marina la « vésuvienne », ainsi qu'elle se nomma un jour, traverse, subit et transcende l'histoire comme une comète fracassée. Ouvrant un espace d'aimantation où le corps et le souffle sont sans cesse convoqués. Portant l'accélération de la langue à son point de rupture pour mieux y réintroduire la pulpe du vivant. Comme si chaque mot était le signe d'une urgence absolue, une effraction pour traduire l'impossible. Soit la

1. *In* Véronique Lossky, *Marina Tsvétaéva*, Seghers, p. 55.

poésie dans sa vocation la plus exacte, en ce qu'elle sait opposer de plus ardent au spectacle des temps. En ce qu'elle est toujours en avant :

> De mes vers, écrits si tôt
> Que je ne me savais pas poète,
> Jaillis comme l'eau des fontaines,
> Comme le feu des fusées, [...]

Méditant sur le timbre *tsvétaïévien en des lignes éclairantes, Joseph Brodsky souligne : « La nature de sa voix était telle que son discours commençait presque toujours à l'autre bout de l'octave, dans le registre supérieur ; [...] le timbre [en] était si tragique qu'il garantissait l'impression de monter quelle que fût la durée du son. Ce tragique n'était pas le fruit de sa biographie ; il existait avant. Sa biographie ne faisait que coïncider avec lui, elle lui répondait, tel l'écho, [elle] ne pouvait que suivre sa voix, en étant constamment à la traîne car la voix devançait les événements*[1]. »

Et l'on songe à l'injonction rimbaldienne : « Départ dans l'affection et le bruit neufs ! » Bruit neuf dans lequel toute la modernité poétique n'aura cessé de se consumer. Bruit neuf dont Tsvétaïéva rend la chair visible en imposant un tempo mental à la lecture, par élisions, par coupures, par contractions, dans une manière de tourbillon syncopé :

1. *Loin de Byzance, op. cit.*, p. 156. « N'oubliez pas : je vis en avance, je devance la vie ! » écrit-elle dans *Neuf lettres*, Clémence Hiver, 1985, p. 23.

Rafále, rafale
Aux mille pétales,
Aux mille coupoles,
Rafale-la-Folle !
Toi une, toi foule,
Toi mille, toi râle,
Rafale-la-Saoule
Rafale-la-Pâle [...]

Poèmes-séismes qui paraissent parfois écrits à la vitesse v", *« la plus grande possible » selon Breton. Rien qui, dans cette orchestration, obéisse toutefois au seul hasard; il s'agit ici de recouvrer une langue originelle entre véhémence et cisèlement. Car la fièvre tsvétaïévienne est* rigoureuse. *Et méthodique son expérience, précisément parce qu'elle s'appuie sur le plus indicible de soi. Dans* L'Art à la lumière de la conscience, *elle s'attache à dévoiler un espace réunissant « le maximum d'ouverture et le point extrême de concentration[1] », prônant même, à l'instar de quelque mystique négative, un véritable dépeuplement de soi : « se laisser anéantir jusqu'au tout dernier atome, qui de résister (et d'en réchapper) fait naître le monde[2]. »*

Ses innovations verbales, plutôt que de rejeter le sens, l'épanouissent à l'extrême du concevable, de l'exprimable,

1. *L'Art à la lumière de la conscience*, Le Temps qu'il fait, 1987, p. 15.
2. *Ibid.*

comme pour mieux faire résonner le noyau d'amour *de la langue. Et « l'affection » rejoint ici le « bruit ». Brodsky a rappelé — lumineusement — cette « sursaturation purement linguistique, perçue comme une sursaturation affective*[1] *» qui régit la verticalité tsvétaïévienne : « une langue qui est la négation de sa propre masse et des lois de la pesanteur; c'est cette aspiration de la langue vers le haut — ou sur le côté à ce commencement où était le Verbe*[2]*. »*

Loin d'être dictées par une quelconque recherche formelle, les prouesses poétiques fusent alors comme les éclats d'une « métaphysique expérimentale », pour reprendre la perspective des poètes du Grand Jeu. *Cette poésie frappée comme la vie, qui vocifère au plus charnel, témoigne en effet de toute la polyphonie humaine, en ce qu'elle a de plus* chaviré. *Plus Tsvétaïéva creuse au fond d'elle-même, plus elle interroge notre centre de gravité, le* la *originel de notre instabilité. Comme si les plus belles voix ne pouvaient s'offrir que fêlées, à l'exacte mesure de notre propre blessure. Ce en quoi elles sont opérantes. Qui ne voit, comme le marquait Artaud, « que la vraie poésie, qu'on le veuille ou non, est métaphysique, et [que] c'est même sa portée métaphysique, son degré d'efficacité métaphysique qui en fait tout le véritable prix*[3] *» ?*

Il y a chez Marina Tsvétaïéva l'exercice patient de cet esprit de consumation qui rend possible le poème — et qui

1. *Loin de Byzance, op. cit.*, p. 158.
2. *Ibid.*, p. 159.
3. *Œuvres complètes*, tome IV, Gallimard, 1967, p. 53.

de ce poème fait un trait d'union : « La modernité d'un poète est le nombre de battements de son cœur à la seconde, qui donne l'exacte pulsation du siècle, englobant toutes ses maladies [...] dans un unisson irrationnel, presque physique avec le cœur de l'époque[1]. » *Oui, de cœur à cœur, la charge libératrice de cette singularité farouche fait cause commune. Écoutons : « Il n'existe pas d'égoïsme spirituel. Ce qui existe c'est l'égocentrisme, mais alors il s'agit uniquement de la vaste contenance de l'ego, c'est-à-dire des grandes dimensions du* centre. *La plupart des êtres égocentriques, c'est-à-dire* tous *les poètes lyriques et* tous *les philosophes, sont les hommes les plus dépouillés du monde et les moins attachés à eux-mêmes. Ils incluent simplement toute la douleur d'autrui dans la* leur. *C'est encore plus simple ; ils ne font pas de différence entre leur propre douleur et celle d'autrui*[2]. » *Au vrai, la toute-singulière, celle qui se sait du camp des « Grands Isolés*[3] », *tisse poème*

1. *Le Poète et le Temps*, Le Temps qu'il fait, 1989, p. 31. C'est bien en ce sens que Pasternak a pu décrire Tsvétaïéva comme « un immense poète dans le champ d'une grande adoration amoureuse, c'est-à-dire dans un *élément aux limites de l'humain* ». (*Correspondance à trois (été 1926)*, avec Boris Pasternak et Rainer Maria Rilke, Gallimard, 1983, p. 78.)

2. Lettre adressée au critique Youri Ivask en 1933. *In* Véronique Lossky, *Marina Tsvétaéva*, Seghers, p. 76. Ou encore, selon Brodsky : « Se débarrasser du superflu est en soi le premier cri de la poésie — le début de la prédominance du son sur la réalité, de l'essence sur l'existence : la source de la conscience tragique. Tsvétaïéva est allée dans cette voie plus loin que quiconque dans la littérature russe et, semble-t-il, dans la littérature mondiale. » (*Loin de Byzance, op. cit.*, p. 158.)

3. « Une lettre inédite de Marina Tsvétaeva », *op. cit.*, p. 77.

après poème une éthique de la « vraie vie » — « fusion absolue de l'art et de la morale[1] ». *À l'évidence, celle-là n'aura pas « feuilleté en vain/le livre de l'éternité sur les lèvres des hommes*[2] ».

Lorsqu'elle creuse la relation entre le créateur et son époque dans Le Poète et le Temps, *Tsvétaïéva ne confond jamais le présent et la* présence *: « Personne, parmi les amoureux véritables, ne songera un seul instant que le mot présent signifie autre chose que la* présence authentique — *en art, ce mot n'a pas d'autre sens*[3]. » *Et elle ne manque pas de distinguer radicalement la modernité d'avec l'actualité : « La modernité en art c'est l'action des meilleurs sur les meilleurs, c'est-à-dire le contraire de l'actualité, qui est l'action des plus mauvais sur les plus mauvais*[4]. » *Aux yeux de celle qui conçoit la poésie comme un exercice de transfiguration, « être moderne — c'est créer son époque et non la refléter*[5]. »

Ainsi Tsvétaïéva a-t-elle toujours voulu calciner ses limites, embrassant obstinément le papier de verre de la plus rugueuse réalité, refusant d'écrire un seul mot qui ne fût transmuté au creuset d'une science de l'excès. *« Trop a toujours été la mesure de mon monde intérieur*[6] », *notait-elle, comme en écho à cette « qualité de distance sans mesure*[7] »

1. Brodsky, *op. cit.*, p. 194.
2. « Les ouvriers », *Après la Russie*, Rivages Poche, 1993, p. 52.
3. *Le Poète et le Temps, op. cit.*, p. 13.
4. *Ibid.*, p. 42.
5. *Ibid.*, p. 45.
6. « Une lettre inédite de Marina Tsvétaeva », *op. cit.*, p. 77.
7. « L'interlocuteur », trad. Jean Blot, in *L'Éphémère*, nº 4, septembre 1967.

chantée par Mandelstam. Fût-on animé de la plus haute obstination, il arrive pourtant que la blessure devienne telle — et la poésie de Tsvétaïeva doit se lire comme une blessure d'amour infinie — qu'aucune force ne saurait arrêter l'effondrement.

Exilée de tout, Marina finira par être littéralement évacuée *du monde. « Profession : évacuée » — telle est en effet la formule lapidaire rédigée sur son certificat d'inhumation, après qu'elle se fut pendue en 1941, réduite au néant par la terreur stalinienne. Pourquoi un poète se suicide-t-il ? Parce qu'il ne peut plus re-composer le monde. Dans une lettre à Rilke, quinze ans auparavant, Tsvétaïeva avait évoqué le « toujours transplanté dans le maintenant*[1] *». Mais un soir d'anéantissement, le « toujours » s'est absenté du « maintenant », et l'existence n'a plus tenu lieu de vie. Le temps était venu de signer son destin par un ultime tiret — la marque même de sa ponctuation, son empreinte digitale — et de rejoindre définitivement cette « Mort-dans-la-vie » (selon la forte parole de Roger Gilbert-Lecomte), qu'un poème de jeunesse invoquait déjà :*

Ma faim est insatiable
De tristesse, de passion, de mort.
[...]
Il est pourtant un délice :
J'attends celui qui le premier
Me comprendra enfin
Et tirera à bout portant.

1. *Correspondance à trois (été 1926)*, *op. cit.*, p. 158.

Comparant le poète et l'enfant, Tsvétaïéva avait affirmé un jour : « Ce qui pour vous est — "jeu" est pour nous l'unique sérieux. Nous ne mettrons pas plus de sérieux à mourir[1]*. » Loin, bien loin de tous les discours normatifs, de tous les simulacres confortables, nous avons besoin — plus que jamais — de cette radicalité-là, de ce souffle habité, de cette parfaite insoumission. Dans la chair comme dans le chant, pareille énergie fait tenir le monde ; elle façonne l'intelligence et la beauté à venir. N'est-il pas temps de saluer celle qui a écouté au plus pur « le pas géant de l'âme/de l'âme dans la nuit*[2] *» ?*

Zéno Bianu

1. *L'Art à la lumière de la conscience, op. cit.*, p. 84.
2. « *Dans l'heure profonde de l'âme...* », trad. Christian Mouze, *in* Véronique Lossky, *op. cit.*, p. 184.

Le ciel brûle

AU SALON

Du monde des visions nocturnes
Nous — les enfants — sommes rois.
Les ombres longues descendent,
Les lanternes brillent derrière les fenêtres,
Le haut salon s'obscurcit,
Les miroirs aspirent leur tain...
Pas une minute à perdre !
Quelqu'un sort du coin.
Au-dessus du piano noir, tous deux
Nous nous penchons et la peur approche,
Enveloppés dans le châle de maman
Nous pâlissons sans oser un soupir.
Allons voir ce qui se passe
Sous le rideau des ténèbres ennemies.
Leurs visages sont devenus noirs, —
De nouveau nous sommes vainqueurs !
Nous sommes les maillons d'une chaîne magique
Et dans la bataille ne perdons jamais courage.
Le dernier combat est proche,
Et périra le royaume des ténèbres.
Nous méprisons les adultes

Pour leurs journées mornes et simples…
Nous savons, nous savons beaucoup
De ce qu'ils ne savent pas.

1908-1910.

Il s'approcha, ailé,
Et tes paupières mirent le voile sur ton regard radieux.
Tu mourus — flamboyante
À l'heure la plus terne.

Que pourront donc expier
Ces deux dernières larmes brèves ?
Il réfléchit — Quatre heures
Sonnèrent.

Il partit sans être vu,
Emportant le mot le plus précieux.
Mais personne n'entendit
Ton dernier appel.

Et s'est perdu dans la mer des bruits
Le cri qui déchira ton sein et ton âme.
Rose, tu te noyais
Dans le matin trouble...

Moscou, 1912.

Pareil à moi, tu passes
Les yeux rivés au sol,
Je les baissais — aussi,
Passant, arrête-toi !

Boutons-d'or et pavots à la main,
Tu liras sur la pierre
Qu'on m'appelait Marina
Et l'âge que j'avais.

Non, ce n'est pas une tombe,
Je ne surgirai pas, menaçante.
J'ai trop aimé moi-même
Rire quand il ne faut pas.

Le sang frappait à mes tempes
Et mes boucles bouclaient ;
Je *fus* aussi, passant !
Passant, arrête-toi !

Je n'accepte pas l'éternité
Pourquoi m'a-t-on ensevelie ?
Je ne voulais pas quitter pour la terre —
Ma terre adorée.

Cueille une herbe sauvage
Et puis une fraise des bois —
Mûrie entre les tombes
Elle sera plus sucrée.

Mais ne te penche pas,
Triste, au-dessus de moi,
Évoque-moi sans peine,
Sans peine oublie-moi !

Comme le rayon t'éclaire
Il te poudroie d'or...
Que ma voix souterraine
Ne t'effarouche pas !

Koktebel, 3 mai 1913.

De mes vers, écrits si tôt
Que je ne me savais pas poète,
Jaillis comme l'eau des fontaines,
Comme le feu des fusées,

S'engouffrant comme des diablotins
Dans le sanctuaire plein de rêves et d'encens,
De mes vers de jeunesse et de mort
— De mes vers jamais lus ! —

Jetés dans la poussière des librairies
(Où personne n'en veut ni n'en a voulu),
De mes vers, comme des vins précieux
Viendra le tour.

Koktebel, mai 1913.

Si vous saviez, passants, attirés
Par d'autres regards charmants
Que le mien, que de feu j'ai brûlé,
Que de vie j'ai vécu pour rien,

Que d'ardeur, que de fougue donnée
Pour une ombre soudaine ou un bruit...
Et mon cœur, vainement enflammé,
Dépeuplé, retombant en cendres.

Ô, les trains s'envolant dans la nuit
Qui emportent nos rêves de gare...
Sauriez-vous tout cela, même alors,
Je le sais, vous ne pourriez savoir

Pourquoi ma parole est si brusque
Dans l'éternelle fumée de cigarette
Et combien de tristesse noire
Gronde sous mes cheveux clairs.

Koktebel, 17 mai 1913.

Face contre terre, je suis couchée
— Enragée — sur mon lit.
Si vous vouliez
Devenir mon disciple,

Je deviendrais à l'instant
— Entendez-vous, disciple ? —

Couverte d'or et d'argent,
Salamandre et Ondine.
Nous serions assis sur le tapis
Près de la cheminée.

La nuit, le feu, le visage de la lune…
— M'entendez-vous, disciple ? —

Impétueux — mon cheval
Aime la course effrénée ! —
Je lancerais dans le feu
Le passé — pile après pile :

Des vieilles roses et des vieux bouquins.
— M'entendez-vous, disciple ? —

Et quand se serait couché
Cet amas de cendres, —
Seigneur, de vous
Je ferais une merveille !

Vieillard ressuscité en jeune homme
— M'entendez-vous, disciple ? —

Et quand vous vous seriez jeté
De nouveau dans le piège de la science,
Je resterais plantée là,
Me tordant les bras de bonheur,

Sentant que tu es devenu grand
— M'entendez-vous, disciple ? —

Koktebel, 1er juin 1913.

À BYRON

Je pense au matin de votre gloire,
Au matin de votre vie,
Quand démon vous vous êtes éveillé
Et Dieu pour les hommes.

Je pense à vos sourcils
Qui cerclent la flamme de vos yeux,
À la lave du sang ancien
Qui coule dans vos veines.

Je pense à vos doigts — si longs —
Dans vos cheveux bouclés
Et aux regards qui vous dévorent
Dans les salons et les allées.

Je pense à ces cœurs que, trop jeune,
Vous n'eûtes le temps de lire,
Tandis que des lunes jaillissaient
Et s'éteignaient pour votre gloire.

Je pense à ce salon obscur,
Au velours penché sur la dentelle,
À vous qui m'auriez dit vos vers
Et moi — les miens — pour vous.

Je pense encore à la poussière
Qui reste de vos lèvres et de vos yeux —
À tous ces yeux qui reposent morts…
À eux, à nous…

24 septembre 1913.

Être ce que nul ne veut être,
— Ô, devenir de glace ! —
Sans savoir ce qui fut
Ni ce qui sera,

Oublier mon cœur qui se brisait
Et se recollait ensuite,
Oublier mes mots, ma voix
Et des cheveux l'éclat.

Oublier la turquoise ancienne
Qui ornait ma main —
Cette tige
Étroite et longue…

Oublier le petit nuage
Croqué de loin
Par le stylo de nacre
Saisi dedans la main,

Oublier mes jambes
Passant par-dessus haies,
Oublier mon ombre
Courant sur la route.

Oublier l'azur flamboyant,
Les journées de silence,
Les enfantillages, les orages —
Et tous mes vers aussi !

Mon miracle accompli
Chassera le rire.
Rose-éternelle, je serai
La plus pâle.

Et ne s'ouvriront pas — il le faut —
— Ô, pitié ! —
Ni pour l'aube ni pour un regard,
Ni pour les champs —

Mes paupières baissées.
— Ni pour les fleurs ! —
Ô, ma terre, pardonne-moi
Pour l'éternité !

Et les lunes fondront
Et fondra la neige,
Quand s'enfuira, charmant,
Ce siècle adolescent.

1913.

À S. E.

Avec défi, je porte son anneau !
Je suis sa femme devant l'éternité — pas sur papier.
Son visage est étroit
Comme une épée.

Sa bouche est muette, les coins abaissés,
Ses sourcils — douloureux et splendides.
Dans son visage tragique se sont mêlées
Deux dynasties anciennes.

Il est fin comme les branches naissantes.
Ses yeux — admirables, inutiles.
Sous les sourcils ailés déployés —
Deux précipices.

Je reste fidèle à son visage de chevalier,
— Pour vous tous qui mourez et vivez sans peur —
En des temps fatidiques — on chante
De telles stances — avant d'aller à l'échafaud.

Koktebel, 3 juin 1914.

Je ne pense pas, ne me plains pas, ni me dispute,
Ni dors.
Je ne désire ni soleil, ni lune, ni mer,
Ni vaisseau.

Je ne sens pas comme il fait chaud entre ces murs,
Comme le jardin est vert ;
Et ce cadeau, tant désiré, tant attendu —
Je n'attends plus.

Ne me réjouit ni ce matin, ni de ce tram
Le cliquetis joyeux,
Je vis sans voir le jour, en oubliant du siècle
L'année et l'heure.

Comme sur une corde fêlée,
Je danse — petit danseur.
Je suis l'ombre d'une ombre. Je suis lunaire
De deux sombres lunes.

Koktebel, 13 juillet 1914.

À P. E.

1

La journée d'août fondait doucement
Dans la poussière dorée du soir.
Les trams tintaient, filant à toute vitesse,
La foule passait.

Distraite et comme errant sans but,
Je marchais dans la ruelle calme,
Et — cela me revient — les cloches chantaient
Doucement.

Imaginant votre pose,
Je me demandais en chemin
S'il fallait ou non — vous apporter
Une rose.

Je préparais une phrase
Qu'ensuite, hélas, j'oubliais !
Et soudain — sans crier gare ! —
Cette maison.

Très haute, avec un air d'ennui…
Je compte les fenêtres, voici l'escalier.
Involontairement, la main cherche
— La croix — sur le cou.

Je compte les marches grises
Qui mènent à la lumière.
Je n'ai pas le temps de réfléchir.
Déjà, je sonne.

Je me souviens comme d'un bruit de tonnerre,
Et de mes deux mains glacées.
Je vous demande. — Il est ici.
Il va venir.

Que les années emportent avec la jeunesse
Les souvenirs inoubliés. —
Je garderai dans ma mémoire l'arabesque
Du papier peint.

Les perles de verre de l'abat-jour,
La rumeur des voix,
Les vues de Port-Arthur
Et le tic-tac de l'horloge.

L'instant est aussi long —
Qu'une heure. Voici des pas.
Le grincement d'une porte —
Et vous voilà.

Et tout de suite le charme fut. —
Il s'incline, simple et royal. —
Et l'éclat effrayant
De deux étoiles sombres.

Elles clignaient, énormes,
Vous n'avez pas deviné
Quelle tempête se jouait
Un instant avant.

Héroïque, je luttais.
— Nous avons mangé de la soupe ! —
Me reviennent cette voix assourdie
Et le dessin des lèvres,

Les cheveux, plus touffus qu'une fourrure
Et — le plus chéri de vous ! —
Les petites rides de rire
Près de l'ovale des yeux.

Je me souviens — Vous avez déjà oublié —
Vous étiez là et moi — ici.
Que d'efforts m'ont coûtés
Ces minutes passées

À rester là, faisant des ronds de fumée,
Feignant le calme le plus complet…
Qu'il m'était insupportable
De rester ainsi !

Vous souvenez-vous que nous parlions
De climat et d'alphabet ?
Un déjeuner aussi étrange
Ne se reproduira jamais.

Et, par-dessus l'épaule, dans le noir,
Je me surprends à rire :
« Vous avez des yeux de chien de race,
— Adieu, comte. »

17 juin 1914.

2

Le ressac bouclait près des rochers —
Traînant, mousseux, bouffant, sonore...
Un enfant me montra — votre
Maison.

Malgré moi ralentissant le pas
— Comme si le courage m'était défendu —
Je marchais écoutant
Crisser le gravier.

Le grincement d'une charrette roulant
Sans voile. — À travers le lierre
Apparaissent les piliers blancs
Du balcon.

Le silence était celui
D'un midi de juillet.
Je me souviens : vous étiez allongé
Dans la chaise en paille.

Personne n'a vu cela — le monde est si rude! —
Votre pose charmante.
Je me souviens : près des lèvres
Vous teniez une rose.

Sans relever la tête
Dessinant votre ennui —
Ô ce geste, cette façon dont vous
M'avez tendu la main!

Et ces yeux magnifiques,
Qui dira — pourquoi vous les plissiez?
Vous saviez — qu'un orage grondait
Dans mon azur!

Était-ce soleil ou chaleur? —
Le jardin m'apparaissait d'ambre,
Un Tatare vendait des tchadors
Le Tatare est parti…

Voici la bouche, attirante et hautaine,
Serrée — et tout devenait simple.
Et le soleil à travers le lierre lourd
Jetait ses taches.

Je me souviens de tout : sur la chaise longue
Votre chapeau de paille,
La cloche aiguë, perçante
Et le parfum

Des roses lourdes et blettes,
Le pli des rideaux de toile.
La conversation de nos cigarettes,
Le bruissement

Des cendres, dont, souverain des pensées,
Vous parsemiez les roses.
— Le costume impeccable
Était clair.

28 juin 1914.

3

À sa fille

Avec l'hirondelle tu es venue,
À la même heure,
La joie d'un petit corps,
Des yeux nouveaux.

Naître au mois de mars
— Seigneur, vois-tu le salut ! —
C'est être un oiseau
Sur terre.

Les hirondelles plongent dans le ciel,
La maison est sens dessus dessous :
L'enfant piaille, l'oiseau gazouille
Dehors.

En novembre les journées sont courtes,
Longues sont les nuits.
L'aronde aux ailes bleues —
Outre mers !

Le froid de ces terres rudes
Serre la poitrine délicate.
Les hirondelles ont emporté
L'enfant.

Pauvre couronne au front, immobile,
Des paupières délicates immobile est le bord.
Dors mon enfant, oiselet de Dieu,
Dors, dors !

12 juillet 1914.

4

La guerre, la guerre ! — Encens et icônes —
Les éperons jacassent,
Mais je n'ai rien à faire ni du tsar
Ni des querelles des peuples.

Comme sur une corde fêlée
Je danse — petit danseur.
Je suis l'ombre d'une ombre. Je suis lunaire
De deux sombres lunes.

16 juillet 1914.

5

Vivant, vous l'aimiez
Et lui juriez fidélité.
Portez une couronne de lilas
Sur la neige fraîche.

Avec une pauvre prière
Attardez-vous un instant,
Pour que sous la première neige
Il n'ait pas trop froid.

Réchauffez de votre corps et de votre âme
Son sang glacé !
Mais si en vous déjà
Pour l'amant

L'amour est froid — aimez le frère,
L'enfant au front couronné,
Contre qui irait-il se blottir
Dans son cercueil ?

Ah, lui, que vous aimiez tant,
Qu'aux enfers vous auriez suivi,
Ce n'est pas sa faute si maintenant —
Il repose dans sa tombe !

Au moindre bruissement de robe et de pas
Tressaillant de la tête aux pieds —
Comme il vous aurait ouvert les bras
S'il avait pu !

Ô femmes ! Pour chacune il était —
Folie et ardeur !
Souvenez-vous avec quelle flamme
Il vous aimait !

Souvenez-vous comme vous
Guettiez chacun de ses regards,
Souvenez-vous des serments
Dans la nuit noire.

Et ne soyez point lâche
Devant sa misérable croix,
Chacune, souvenez-vous en silence
De ses lèvres.

Et avant que de partir
Sur le traîneau aux grelots tziganes,
Attardez-vous dans la nuit,
Le visage couché dessus la neige.

Que tendrement elle givre vos joues,
Et fonde sous les yeux...
Traçant ces mots, je suis
Des vôtres —

La seule qui ne briserai pas le serment imprêté.
— La vie ! — Tes yeux noisette ! —
Femmes, priez pour l'âme même
De l'Amour.

6

Les feuilles sont mortes sur votre tombeau,
Cela sent l'hiver.
Écoutez-moi, trépassé, écoutez, bien-aimé :
Vous êtes mien, quand même.

Vous riez sous votre pèlerine de voyage !
La lune est haute.
Mien : c'est aussi évident et immuable
Que cette main.

Une fois de plus, le baluchon à la main
Je viendrai à la porte de l'hôpital.
Vous êtes parti dans les pays chauds,
Sur les grandes mers.

Je vous embrassais, je faisais la sorcière !
Je me moque des ténèbres éternelles !
Je ne crois pas à la mort. Vous viendrez de la gare —
Chez moi !

Tant pis pour les feuilles tombées ; sur les
couronnes
Les mots sont gommés, effacés.
Et si le monde entier vous croit mort,
Je suis morte aussi.

Je vois, je sens. — Je vous sens en tout.
Les feuilles tombent de vos couronnes.
Je ne vous ai pas oublié et ne vous oublierai
Jamais !

De ces promesses je sais la vanité
Et l'inutile.
Une lettre dans le néant. Une lettre dans l'infini —
Une lettre dans le vide.

4 octobre 1914.

7

Cher ami, parti au-delà des mers,
Voici des roses — étendez-vous dessus.
Cher ami, emportant le plus précieux,
Le plus précieux des trésors de la terre.

On m'a menti, on m'a volée,
Il ne me reste ni lettres ni anneau,
Je me souviens de chaque creux
De ce visage étonné pour toujours.

Comme je me souviens du regard suppliant
Et fixe, me demandant de me rapprocher,
Et le sourire venu du grand Ailleurs —
La flatterie mondaine d'un mourant...

Cher ami, parti pour un long voyage,
Petit tertre parmi d'autres tertres —
Priez pour moi au havre du paradis,
Priez qu'il n'y ait d'autres marins.

5 juin 1915.

POUR GRAND-MÈRE

L'ovale allongé, sévère,
Les plis de la robe noire...
Jeune grand-mère ! Qui baisait
Vos lèvres hautaines ?

Ces mains qui dans les salles du palais
Jouaient les valses de Chopin...
De chaque côté du visage glacé —
Les boucles en spirales.

Le regard sombre, droit et exigeant,
Le regard prêt à la bataille.
Les jeunes femmes ne regardent pas ainsi.
Jeune grand-mère, qui êtes-vous ?

Que d'occasions vous avez emportées,
Que de choses impossibles aussi —
Dans le sein affamé de la terre,
Polonaise de vingt ans !

Le jour était innocent, le vent frais.
Les sombres étoiles mouraient.
Grand-mère ! Ce cruel tourment
Dans mon cœur — serait-ce vous ?...

4 septembre 1914.

La vie n'est pas bruit ni orage,
Elle est ainsi : il neige,
La maison est éclairée,
Quelqu'un s'approche.
Lentement, la sonnerie étincelle,
Il entre. Lève les yeux.
Pas un bruit.
Les icônes flambent.

1915.

Avec une immense tendresse — car
Bientôt je quitterai tout ceci —
Je pense aux épaules
Qui porteront ce loup,

À celui qui prendra le plaid douillet
Et cette canne fine à tête de lévrier,
À celui qui portera mon bracelet d'argent,
Incrusté de turquoises...

Et tous ces papiers et ces fleurs
Que je n'ai pas la force de garder...
Ma dernière rime — et toi,
Ma dernière nuit !

22 septembre 1915.

Une fleur est accrochée à ma poitrine ;
Qui me l'a accrochée ? — Je ne sais plus.
Ma faim est insatiable
De tristesse, de passion, de mort.

Par le violoncelle, le grincement
Des portes et le tintement des verres,
Et par le cliquetis des éperons
Et le cri des trains de nuit —

Par le coup tiré à la chasse,
Par le grelot des troïkas —
Vous m'appelez, vous m'appelez,
Vous, que je n'aime pas !

Il est pourtant un délice :
J'attends celui qui le premier
Me comprendra enfin
Et tirera à bout portant.

22 octobre 1915.

J'ai ouvert l'écrin de fer,
J'ai sorti ce cadeau de larmes :
Un anneau serti d'une immense perle,
Une immense perle.

Comme un chat, je sortis sur le seuil,
Le visage au vent offert.
Vents soufflants, oiseaux planants,
Les cygnes — à gauche, les corbeaux — à droite...
Nos chemins se séparent.

Tu t'éloigneras avec les nuages,
Tu sombreras dans la forêt épaisse,
Dans les sables brûlants.
Tu épuiseras ton âme
Et de tes yeux — les larmes.

Mais au-dessus de moi — la chouette criera
Mais au-dessus de moi — l'herbe bruissera...

Janvier 1916.

D'où me vient la tendresse ?
J'ai caressé d'autres boucles
Et j'ai connu des lèvres
Plus sombres que les tiennes.

Les étoiles s'allumaient et mouraient
(D'où me vient la tendresse ?)
Et les yeux s'allumaient et mouraient
Plongés dans mon regard.

J'ai entendu d'autres chants
Dans la nuit sombre et noire
(D'où me vient la tendresse ?) —
La tête sur le cœur du chanteur.

D'où me vient la tendresse ?
Et que puis-je en faire, adolescent
Malicieux, chanteur vagabond,
Aux cils plus longs que longs ?

18 février 1916.

Faites, faites des chants
Sur mon chemin de croix !
Baisez, baisez encore
Les bagues à mes doigts !

Ce qui m'advient est si fort
Que l'hiver crache des foudres
Et la bête se sent des pitiés,
Le muet retrouve sa voix.

À minuit — le soleil m'éclaire
Et l'étoile brille à midi.
Sur moi se referment les vagues
De mon superbe malheur.

Les morts renaissent des cendres,
Le Jugement dernier me foudroie,
Et au son hurlant des cloches
Les archanges me mènent au billot.

16 mars 1916.

Quatre ans.
Des yeux de glace.
Le regard — déjà funeste.
Aujourd'hui pour la première fois

Tu regardes
Sous les murs du Kremlin
Se rompre la glace.

Glace, glace
Et coupoles
Qui tintent d'or,
Qui tintent d'argent.
Bras croisés,
Bouche muette.
Sourcils froncés — Napoléon ! —
Tu contemples le Kremlin.

— Maman, où va la glace ?
— Devant, petit cygne !
Laissant derrière les palais, les églises et les portes —
Devant, petit cygne !
L'œil
Bleu est préoccupé.
— M'aimes-tu, Marina ?
— Beaucoup !
— Pour toujours ?
— Oui.

Bientôt, le crépuscule,
Bientôt — il faut rentrer :
Toi, dans ta chambre d'enfant
Et moi, lire les lettres insolentes,
Me mordre les lèvres.

Et
La glace
Passe.

24 mars 1916.

Partout vont les routes,
Dans la forêt, les déserts,
Tôt et tard.

Les hommes les empruntent
Les chariots aussi
Tôt et tard.

Les pieds des voyageurs
Piétinent le sable et l'argile,
Le silex et la boue…

Qui est pauvre au gré du vent ?
Chacun sur la grande route —
Est un prince travesti !

Les haillons se déchirent
Partout où le ciel est bleu,
Où le Seigneur est juge.

Dans les ornières —
Les chaînes s'entrechoquent,
Les haillons se mélangent.

Ainsi, dans le désert terrestre,
Abandonnant les pâturages
Évitant les villages,

Mendient et règnent
Les princesses galériennes,
Les princes forçats.

Voilà nos routes qui se croisent ;
Comme un clou chasse l'autre.
Oh, l'heure est sombre, sombre.

Ce n'est pas moi avec toi,
Mais un malheur galérien, qui
Avec un autre se rencontre.

Tant pis ! Baise ma bouche,
Puisque Dieu ne t'a pas épargné
De moi, mon amour.

Sur la même route
Un chariot nous traînera tous —
Tôt ou tard.

5 avril 1916.

Rivale, un jour je te viendrai ;
La nuit plutôt, au clair de lune,
Quand dans l'étang crie le crapaud,
Et quand délire la pitié.

Et, attendrie par le battement
Jaloux de tes paupières,
Je te dirai : je ne suis pas,
Je suis un songe et tu me rêves.

Et je dirai — console-moi,
Mon cœur blessé se tord,
Et je dirai — le vent est frais,
Le ciel brûle d'étoiles.

8 septembre 1916.

L'ami tendit la main —
L'oiseau posa son aile fine.
— Que je suis un oiseau, ami
De mon malheur, tu as compris !
Mais tu ne viendras pas à bout
De mes tendresses folles !

Et, remerciant de sa chaleur
Tu baises l'aile fine.

Le vent éteint les flammes
Et gonfle les tentures.
Le vent écarte de ta main
L'oiseau et sa caresse ;
Et souffle : n'ouvre pas ton cœur
Aux femmes à ailes fines.

21 septembre 1916.

Au mois d'août — les astres,
Au mois d'août — les étoiles,
Au mois d'août — les grappes
De raisin et de sorbier
Rouille — le mois d'août.

Avec une pomme impériale,
Lourde et bienveillante,
Tu joues comme un enfant.
Tu caresses le cœur comme une main.
Avec ton nom auguste :
Août ! — Cœur !

Le mois des baisers tardifs.
Des dernières roses, des dernières foudres !
Le mois des averses d'étoiles —
Août — Le mois
Des averses d'étoiles.

7 février 1917.

DON JUAN

1

À l'aube glacée,
Sous le sixième bouleau,
Derrière l'église —
Attendez, Don Juan !

Mais hélas, je jure
Sur ma vie, mon amant,
Que dans mon pays
On n'embrasse pas !

Ici, pas de fontaines,
Les puits sont gelés,
Et les vierges Marie
Ont des regards sévères.

Et pour que les belles
N'entendent les bêtises,
Nous avons le tintement
Sonore de la cloche.

Je vivrais bien ainsi
Mais j'ai peur de vieillir,
Et puis à vous, beauté,
Mon pays ne siérait pas.

Ah, dans cette pelisse
Je ne vous reconnaîtrais
S'il n'y avait ces lèvres —
Les vôtres, Don Juan !

19 février 1917.

2

Longtemps, à l'aube brumeuse
Gémissait la tempête.
On coucha Don Juan
Dans un lit de neige.

Plus de fontaine amère
Ni de brûlante étoile...
Sur le sein de Don Juan —
Une croix orthodoxe.

Pour que la nuit éternelle
Te soit plus lumineuse,
Je t'apporte l'éventail
Noir de Séville.

Et pour que de tes yeux
Tu voies la beauté féminine,
Ce soir, cette nuit
Je t'apporterai mon cœur.

En attendant — dormez bien !...
Des lointaines contrées
Vous m'êtes venu. Votre liste
Est close, Don Juan.

19 février 1917.

3

Après tant de roses, tant de villes, tant de verres
Auriez-vous la paresse
De m'aimer ? Vous êtes — presque un cadavre
Et moi — bientôt une ombre.

Et pourquoi saurais-je que les forces célestes
Vous avez imploré ?
Et pourquoi saurais-je que le souffle du Nil
Parfume mes cheveux ?

Non, plutôt voici un conte :
C'était janvier. Quelqu'un
Jeta une rose. Un prêtre masqué
Portait une lanterne.

Une voix ivre priait, une voix enrageait
Sous les murs de l'église.
À cette heure précise Don Juan de Castille
Rencontra — Carmen.

22 février 1917.

4

Il est minuit — pile.
La lune est un faucon.
— Que regardes-tu ?
— Rien. — Je regarde.

— Je te plais ? — Non.
— Me connais-tu ? — Peut-être.
— Je suis Don Juan.
— Et moi — Carmen.

22 février 1917.

5

Don Juan avait une épée.
Don Juan avait Donna Anna.
Et voilà tout ce qu'on m'a dit
Du magnifique et malheureux Don Juan.

Mais aujourd'hui je fus habile :
À minuit, je marchais sur la route,
Quelqu'un de très près me suivait
Appelant des noms.

Dans le brouillard — blanchoyait un bâton étrange...
Et Don Juan n'avait pas de Donna Anna !

14 mai 1917.

6

Et tombe une ceinture de soie
À ses pieds — tel un serpent divin.
On me dit que je serai calme,
Un jour, là-bas, sous la terre.

Je vois, arrogant et vieux,
Mon profil sur le brocart blanc.
Quelque part — des gitans — des guitares
Et des garçons en manteau noir.

Et quelqu'un se cachant sous un masque,
— Qui est-ce ? — Je ne sais. — Devine ! —
Et tombe la ceinture de soie
Sur la place, ronde comme le paradis.

14 mai 1917.

— Si le sort est jeté —
Va pour l'amour !
Dans le ciel dément, orageux —
La glace et le sang.

Je t'attends cette nuit
Après deux heures :
À l'heure où grondent en moi
Le sang et l'esprit.

13 mai 1917.

Baiser au front — c'est effacer l'ennui.
Je baise au front.

Baiser les yeux — c'est tuer l'insomnie.
Je baise les yeux.

Baiser les lèvres — c'est donner à boire.
Je baise les lèvres.

Baiser au front — c'est effacer la mémoire.
Je baise au front.

5 juin 1917.

DON JUAN

En allumant dans les regards passants
La tristesse et la débauche,
Tu traverses la ville — noir comme la bête,
Maigre comme le ciel.

Tes yeux se couvrent de tourments
Comme de brouillard.
À la boutonnière — une rose, des serments —
Plein les poches !

Oui. J'entends ton appel dans la plainte
D'un violon de cabaret.
Je t'envoie un sourire,
Roi des voleurs !

Je reconnais, déployant ses ailes —
Ce même regard,
Que jadis m'a lancé en Castille
Ton frère aîné.

8 juin 1917.

LES BRUMES
DES AMOURS ANCIENNES

1

Au-dessus de l'ombre noire de la jetée
La lune brille comme une armure.
Sur le quai — un chapeau et une fourrure,
On imagine : un poète et une actrice.

Le souffle immense du vent.
Le souffle des jardins d'hiver —
Et le soupir immense et triste :
— *Ne laissez pas traîner mes lettres*[1].

2

Les mains au fond des poches,
Je suis là. Le courant d'eau bleuit.
Aimer quelqu'un encore ? —
Tu pars tôt demain matin.

1. En français dans le texte.

Les brumes chaudes de la City —
Dans tes yeux. Voilà, voici…
Dans ma mémoire — ta bouche —
Et ton cri passionné : — Vivez !

3

L'amour efface sur les joues les plus belles
Couleurs. Goûtez comme les larmes
Sont salées. J'ai peur de
Me réveiller morte demain matin.

Des Indes, envoyez-moi des pierres.
Où nous verrons-nous ? — En rêve.
— Quel vent ! — Bonjour à votre femme
Et à l'autre dame aux yeux verts.

4

Le vent jaloux accroche le châle,
Cette heure m'est destinée.
Je sens sur les paupières et près des lèvres
Une tristesse presque animale.

Quelle faiblesse dans les genoux !
— La voici donc, la flèche fatale !
— Quelle lumière ! — Je serai
Aujourd'hui — Carmen enragée.

… Les mains au fond des poches,
Je suis là. Entre nous — l'océan.
Sur la ville — la brume, la brume.
Les brumes des amours anciennes.

20 août 1917.

Les nuits sans celui qu'on aime — et les nuits
Avec celui qu'on n'aime pas, et les grandes étoiles
Au-dessus de la tête en feu et les mains
Qui se tendent vers Celui —
Qui n'est pas — qui ne sera jamais,
Qui ne peut être — et celui qui le doit...
Et l'enfant qui pleure le héros
Et le héros qui pleure l'enfant,
Et les grandes montagnes de pierre
Sur la poitrine de celui qui doit — en bas...

Je sais tout ce qui fut, tout ce qui sera,
Je connais ce mystère sourd-muet
Que dans la langue menteuse et noire
Des humains — on appelle la vie.

1917 (?)

Veux-tu connaître ma richesse ?
Le cheval galope,
Les morts — dorment, les oiseaux — chantent.

L'adolescent — halète et furète,
Les femmes insensées — pleurent.
Ma richesse — un présent de larmes !

Mai 1918.

On frappe doucement, trois fois :
Tendre ennemi, ami incertain,
Ne mens-tu point ? Ce n'est pas ainsi qu'un pèlerin
Achève sa route. C'est ainsi que frappe l'amour
Sous le sein. C'est ainsi que, baissant les yeux
L'enfer noir frappe à la porte du clair paradis.

24 mai 1918.

Je suis. Tu seras. Entre nous — le gouffre.
Je bois. Tu as soif. On ne s'entendra pas.
Dix années comme cent millénaires nous
Séparent. Dieu ne sait pas bâtir de ponts.

Sois ! — Tel est mon commandement. Laisse-moi
Passer sans que mon souffle n'arrête l'élan.
Je suis. Tu seras. Dans dix printemps
Tu diras : — je suis ! et moi : — un jour...

24 mai 1918.

Je suis une page sous ta plume.
J'accepte tout. Je suis une page blanche.
Je garde tout ton bien précieux,
Je le cultive pour te le rendre au centuple.

Je suis le village, je suis la terre noire.
Tu m'es pluie et soleil.
Tu es Maître et Dieu et moi —
Tchernoziom et papier blanc !

10 juillet 1918.

Légère est ma démarche,
— Ma conscience est légère —
Légère est ma démarche,
Ma chanson est sonore —

Dieu m'a mise seule
Au milieu du monde ;
— Tu n'es point femme mais oiseau,
Alors — vole et chante.

19 octobre 1918.

— Raconte-nous le printemps ! —
À la vieille demandent les enfants.
Mais, hochant la tête,
La vieille répond ainsi :
— Le printemps est péché,
Le printemps est terrible.

— Alors, raconte-nous l'Amour ! —
Lui chante l'enfant le plus joli.
Mais dans le feu plantant son regard
La vieille répond ainsi : Oh !
L'Amour est péché
L'Amour est terrible !

Et longtemps, longtemps à l'aube
Dans la cour, l'innocence chantait :
— L'amour est péché,
L'amour est terrible...

1919.

LES YEUX

Deux lueurs rouges — non, des miroirs !
Non, deux ennemis !
Deux cratères séraphins.
Deux cercles noirs

Carbonisés — fumant dans les miroirs
Glacés, sur les trottoirs,
Dans les salles infinies —
Deux cercles polaires.

Terrifiants ! Flammes et ténèbres !
Deux trous noirs.
C'est ainsi que les gamins insomniaques
Crient dans les hôpitaux : — Maman !

Peur et reproche, soupir et amen...
Le geste grandiose...
Sur les draps pétrifiés —
Deux gloires noires.

Alors sachez que les fleuves reviennent,
Que les pierres se souviennent !
Qu'encore encore ils se lèvent
Dans les rayons immenses —

Deux soleils, deux cratères,
— Non, deux diamants !
Les miroirs du gouffre souterrain :
Deux yeux de mort.

30 juin 1921.

LA LETTRE

On ne guette pas les lettres
Ainsi — mais la lettre.
Un lambeau de chiffon
Autour d'un ruban
De colle. Dedans — un mot.
Et le bonheur. — C'est tout.

On ne guette pas le bonheur
Ainsi — mais la fin :
Un salut militaire
Et le plomb dans le sein —
Trois balles. Les yeux sont rouges.
Que cela. — C'est tout.

Pour le bonheur — je suis vieille !
Le vent a chassé les couleurs !
Plus que le carré de la cour
Et le noir des fusils.

(Que le carré de l'enveloppe :
Encre et attraits !)
Pour le sommeil de mort
Personne n'est trop vieux.

Que le carré de l'enveloppe.

11 août 1923.

Tentative de jalousie

Il en tomba combien dans cet abîme
Béant dans le lointain !
Et je disparaîtrai un jour sans rimes
Du globe, c'est certain.

Se figera tout ce qui fut, — qui chante
Et lutte et brille et veut :
Et le vert de mes yeux et ma voix tendre
Et l'or de mes cheveux.

Et la vie sera là, son pain, son sel
Et l'oubli des journées.
Et tout sera comme si sous le ciel
Je n'avais pas été !

Moi qui changeais, comme un enfant, sa mine,
— Méchante qu'un moment, —
Qui aimais l'heure où les bûches s'animent
Quand la cendre les prend,

Et le violoncelle et les cavalcades
Et le clocher sonnant…
— Moi, tellement vivante et véritable
Sur le sol caressant.

À tous — qu'importe ? En rien je ne mesure,
Vous : miens et étrangers ? ! —
Je vous demande une confiance sûre,
Je vous prie de m'aimer.

Et jour et nuit, voie orale ou écrite :
Pour mes « oui », « non » cinglants,
Du fait que si souvent — je suis trop triste,
Que je n'ai que vingt ans,

Du fait de mon pardon inévitable
Des offenses passées,
Pour toute ma tendresse incontenable
Et mon trop fier aspect,

Et la vitesse folle des temps forts,
Pour mon jeu, pour mon vrai…
— Écoutez-moi ! — Il faut m'aimer encore
Du fait que je mourrai.

8 décembre 1913.

AUX JUIFS

Qu'on t'ait foulé aux pieds, — passé aux flammes,
Ô buisson d'ardentes roses, ô toi !
La chose sur terre d'inébranlable
Que le Christ ait laissée derrière soi :

Israël ! Vient ta seconde splendeur.
Vous nous avez payés de votre sang
Pour toutes ces sommes de sous : voleurs !
Héros ! Traîtres ! Prophètes ! Trafiquants !

En chacun de vous, — n'importe lequel
Qui compte ses louis dans son petit sac
À la bougie, — le Christ parle plus clair
Qu'en Jean, qu'en Luc, qu'en Matthieu et qu'en
Marc.

Sur la terre, sur sa moindre parcelle :
Descente de croix ou crucifixion.
Avec ton tout dernier fils, Israël,
Nous enterrerons le Christ — pour de bon !

Moscou, 1916.

DEUX POÈMES POUR OSSIP MANDELSTAM

1

Personne ne nous a rien ôté —
Elle m'est douce, notre séparation !
Je vous embrasse, sans compter
Les kilomètres qui nous espacent.

Je sais : notre art est différent.
Comme jamais ma voix rend un son doux.
Jeune Derjavine[1], que peut vous faire
Mon vers brutal et ses à-coups !

Pour un terrible vol je vous
Baptise : envole-toi donc, jeune aigle.
Tu fixes le soleil, l'œil ouvert, —
Est-ce mon regard trop jeune qui t'aveugle ?

Plus tendrement et sans retour
Nul regard n'a suivi votre trace.
Je vous embrasse, — sans compter
Les kilomètres qui nous espacent.

12 février 1916.

1. Gabriel Derjavine (1743-1816), poète officiel du règne de Catherine II (N.d.É.).

2

Tu rejettes la tête en arrière —
Et puis que tu es fier et hâbleur.
Quel joyeux compagnon jusqu'à moi
A conduit ce mois de février!

Cliquetant de pièces de monnaie
Et lentement soulevant la poussière,
Comme des étrangers triomphants
Nous allons par la ville natale.

De qui sont les mains délicates
Qui ont, beauté, touché tes cils,
Quand, comment, par qui et combien
Tes lèvres ont-elles été baisées —

Je m'en moque. Mon esprit avide
A surmonté ce rêve-ci.
En toi c'est le garçon divin,
Petit de dix ans, que j'estime.

Nous resterons au bord du fleuve,
Où trempent les perles des réverbères,
Je te mènerai jusqu'à la place —
Témoin des tsars-adolescents...

Siffle ton mal de jeune garçon,
Serre ton cœur au creux de ta main...
— Toi, flegmatique et frénétique,
Toi, mon émancipé, — pardon !

18 février 1916.

… J'aimerais vivre avec vous
Dans une petite ville,
Aux éternels crépuscules,
Aux éternels carillons.
Et dans une petite auberge de campagne —
Le tintement grêle
D'une pendule ancienne — goutte à goutte de temps.
Et parfois, le soir, montant de quelque mansarde —
Une flûte,
Et le flûtiste lui-même à la fenêtre.
Et de grandes tulipes sur les fenêtres.
Et peut-être, ne m'aimeriez-vous même pas…

Au milieu de la chambre — un énorme poêle de faïence,
Sur chaque carreau — une image :
Rose, cœur et navire.
Tandis qu'à l'unique fenêtre —
Il neige, neige, neige.

Vous seriez allongé tel que je vous aime : paresseux,
Indifférent, léger.
Par instants le geste sec
D'une allumette.
La cigarette brûle et se consume,
Et longuement à son extrémité,
— Courte colonne grise — tremble
La cendre.
Vous n'avez même pas le courage de la faire tomber —
Et toute la cigarette vole dans le feu.

10 décembre 1916.

À nouveau la fenêtre,
Où l'on veille à nouveau.
On boit du vin peut-être,
Peut-être on ne dit mot.
Ou deux mains sans raison
Restent inséparables.
Ami, chaque maison
A fenêtre semblable.

Rupture ou pacte — cri :
Fenêtre dans la nuit !
Peut-être cent bougies,
Peut-être trois bougies...
Il n'existe, ni pour
Mon esprit, de calme.
Ma maison à son tour
Connaît chose semblable.

Prie, l'ami, prie donc pour la maison sans sommeil,
La fenêtre-veilleuse !

23 décembre 1916.

Même air mignon et mêmes hardes
Et mêmes nuits autour du feu.
Sœurs — toutes les deux : ta guitare
Et ma lyre qui vient des dieux !

En tornade — âmes qu'on agite :
Ce même don est notre lot.
— Pillarde d'âmes. Fut mon titre
À moi aussi dès le berceau !

Sache : broyant tes bras de spleen,
— Pas seule au travers des jours gris,
Tzigane au breuvage d'exil,
Des princes à griser l'esprit.

Pas seule au tranchant coutelas
— Ton regard, ton sang, — son mal lourd.
Sache : une autre… Sœurs : nous ! — en la
Haute bassesse de l'amour.

Mars 1919.

De pierre sont les uns, d'argile d'autres sont, —
Moi je scintille, toute argentine !
Trahir est mon affaire et Marina — mon nom,
Je suis fragile écume marine.

D'argile sont les uns, les autres sont de chair —
À eux : tombes et dalles tombales !
— Baptisée dans la coupe marine — et en l'air
Sans fin brisée, je vole et m'affale.

À travers tous les cœurs, à travers tout filet
Mon caprice s'infiltre, pénètre.
De moi — ces boucles vagabondes : vise-les ! —
On ne fera pas du sel terrestre.

Contre vos genoux de granit je suis broyée
Et chaque vague me — réanime !
Vive l'écume, gloire à l'écume joyeuse,
Vive la haute écume marine !

23 mai 1920.

SUR LE CHEVAL ROUGE

à Anna Akhmatova

Et grands ouverts, grands ouverts — les bras,
Les deux en croix.
Et renversée ! Va, piétine-moi, l'équestre !
Que mon esprit, jailli des côtes, monte — vers Toi,
Créature
De femme non terrestre !

Pas la Muse, non, pas la Muse,
Qui donc, au-dessus de mon pauvre landau
Me berçait de chansons,
Par la main — qui donc me conduisait ?
Pas la Muse. Qui donc réchauffait
Mes mains froides, mes paupières brûlantes
Qui les rafraîchissait ?
Qui dégageait les mèches de mon front ? — Pas la
Muse,
Qui m'emmenait à travers les grands champs ? —
Pas la Muse.

Pas la Muse, nulle tresse noire, nul bijou,
Nulle fable — deux ailes châtain clair : voilà tout.
Courtes — surplombant chaque sourcil ailé.
Torse harnaché.
Panache.

Lui n'a pas veillé sur mes lèvres,
Ni béni mon sommeil.

Ni pleuré avec moi
Sur ma poupée brisée.
Tous mes oiseaux — pour la partance
Il les lâchait — puis — l'éperon nerveux,
Sur son cheval rouge — entre les monts bleus
De la débâcle fracassante.

— Oh ! les pompiers ! Partout ça hurle !
Lueur du feu — partout ça hurle !
— Oh ! les pompiers ! L'âme qui brûle !
Pas la maison, qui brûle ?

La cloche d'alarme hulule.
Vas-y, balance-le, ton bulbe,
Ô cloche d'alarme ! Pullulent
Les flammes ! L'âme brûle !

Dansant des ravages du beau,
Aux gerbes rouges des flambeaux
J'applaudis — je bondis — rugis,
De moi l'éclair — jaillit.

Qui m'a tirée d'où ça crache et gronde ?
Quel aigle m'a ravie ? — Je m'y perds.
J'ai sur moi une chemise — longue —
Avec un rang de perles.

Clameur du feu, cliquetis de vitres…
Sur chaque visage, au lieu d'orbites —
Deux brasiers luisent ! — les lits s'éplument !
On brûle ! On brûle ! On brûle !

Craque donc, millénaire bahut !
Crame, toi — magot, massé, reclus !
Ma maison : souveraine au-dessus.
Que souhaiter de plus ?

Oh ! les pompiers ! — Que le feu redouble !
Fronts peinturés d'or, tous — au fourneau !
Incendie : oh ! tiens debout, debout !
Que croulent les poteaux !

Soudain quoi — a croulé — si soudain !
Un poteau ? — Pas croulé !
Vers le ciel — fol appel de deux mains —
Et le cri : Ma poupée !

Qui — me suivant — galope, dévale,
Me jetant un œil-juge ?
Qui — me suivant — roule d'un cheval
Rouge — à la maison rouge ?

Un cri. De ceux qui passent le mur
Du cri. La foudre, et lui :
Brandit la poupée comme une armure,
Droit comme l'Incendie.

Tsar dressé parmi les feux fugaces,
Et son front se laboure.
— Je te l'ai sauvée, — à présent : casse !
Et libère l'Amour !

Soudain quoi — a croulé ? Pas le monde,
Non ! Lui n'a pas croulé !
Mais deux mains — suivant — l'équestre, montent
D'une enfant — sans — poupée.

Cruelle lune — aux volets s'achève.
Voilà mon premier rêve.

Enlacés rudement.
Plus bas : bruit du torrent.
Monte à nos pieds légers
De l'écume envolée.

Enlacés sans murmure :
Les colonnes d'écume !
Je suis tous ses harems,
Il est tous mes emblèmes.

Brusque entrelacs d'épaules :
Flanc contre flanc, et paumes...
À nos pieds déchaussés
L'écume vient mousser.

— Du pont... Chiche ! Et sur l'heure !
Que j'y lance une fleur...
Il voit — et — simplement
D'un bond — dans le torrent !

Est-ce le pont, ou bien moi — qui tremble ?
Sang ou vague — en émoi ?
Glacée, je regarde — sans comprendre
Ma vie — qui se noie.

Qui soudain — d'un grand geste de cape
Me jeta — vers les cieux ?
Qui soudain — rutilant, fit qu'éclate
Flamme rouge — en feu bleu ? !

L'éclat. Du gouffre triomphe un son :
Lui, d'un saut — souplement
Soulève le corps comme un poisson
Droit comme le Torrent.

Tsar dressé parmi les flots pointus,
Et son front se laboure.
— Je te l'ai sauvé, — à présent : tue !
Et libère l'Amour !

Soudain quoi — s'est rué ? Pas la trombe,
Non ! Nulle intempérie !
Mais deux mains — suivant — l'équestre, montent
D'une — sans — son ami !

Noir marécage — aux volets s'achève.
Voilà mon nouveau rêve.

Nuit pourchassante — et pas d'autre voie :
Le sang durcit.
Fils ! Création de ma hanche, toi, —
Guide, conduis !

Brave, en avant ! — L'Esprit des Montagnes
Est un, nous — deux.
Seuls l'aigle ici et l'aurore gagnent.
Nous — parmi eux.

L'ouragan ! — Les dieux repartiront,
L'aigle en a peur...
Plus haut, l'aîné ! — Ces hauts lieux seront
Notre hauteur !

Rongeant la poussière d'ici-bas,
J'enfante un fils —
Et la Foudre Divine s'abat :
L'aigle l'a pris !

C'est à pic et nu et noir là-haut !
Ses petits bras : deux barres.
Qui donc, sinon Zeus dans son berceau —
Tient l'aigle ? Nul départ !

Rire. En réponse — ailes en furie,
Griffes — perceuses : raides.
Qui me suivant — et d'éclairs fit fuir —
Le tonnerre de l'aigle ? !

Râle. Un rugissement détoné
A pourfendu les monts.
Lui l'a levé comme un Premier-né,
Droit comme l'Invasion.

Tsar dressé parmi l'onde des nues,
Et son front se laboure.
Je te l'ai sauvé, — à présent : tue !
Et libère l'Amour.

Soudain quoi — a craqué ? Le cœur dur
D'un bois sec : nullement !
Mais deux mains — suivant l'équestre — d'une
Femme — sans — son enfant !

Cruelle aurore — aux volets s'achève.
C'est mon troisième rêve.

Février. Déformés, les chemins.
Folle neige — aux champs.
Balayés, tordus — les grands chemins
Par l'artel des vents.

Tantôt crêtes que le galop couche,
Et tantôt — l'abrupt,
À talonner l'Équestre-Le-Rouge,
Ma route a son but.

Tantôt là ! À portée de la main !
Taquin : — touche, va !
Bras absurdement tendus ; devient
Neige — le cheval.

Mèches du panache dans les yeux ?
Ou saule, au virage ?
Eh ! les marieurs ! — Ni une, ni deux...
Vents : au balayage !

Balayez, amassez les obstacles —
Plus haut que les rocs,
Que son cheval au sabot d'attaque,
Cloué là — se bloque.

Les vents écoutent — que plainte crève,
Et leur plainte crève.
Il court sa course rouge sans trêve,
Mon équestre rêve.

Mèches d'ailerons qui s'emballaient ?
Ou saule, au virage ?
Tenez — haut, tenez — haut les balais !
Vents : rage ! À l'ouvrage !

Que voilà ? Quelle butte carrée
Émerge du sol ?
Comme si la tempête cabrait
D'un coup cent coupoles.

Chasse couronnée : enfin, la pause.
Déjà mon front capte
Le feu des fers, déjà dans ma paume
Le bord de la cape !

En renfort, avec glaive et tonnerre,
Le Tsar — Guerroyant !
Mais le cheval se rue et — tonnerre
Dans l'autel grondant.

J'avance et traîne, telle une meute,
La troupe des vents.
Les voûtes ne figent pas l'émeute
Des sabots sonnants.

Messe d'un mort — rond grondement monte —
Neige qui vrombit :
Le trône est renversé ! — Vide ! Monde
Sous terre — terni !

Geignez, geignez, murmurez — les murs !
Toi, neige, chahute !
L'écume du cheval rend obscure
L'aura des chasubles.

Titube une coupole. Oh ! croulez,
Gloire et force et foi !
Et mon corps s'écroule, écartelé —
Les deux bras en croix.

Immense lutte d'arcs-en-ciel : tout
Lustre aura claqué.
Accepte-moi, toi — si pur, si doux,
Pour nous, crucifié.

À ta main vengeresse, on est liés ?
Accepte le feu !
D'en haut : mais, qui sont le cavalier,
Le cheval, — les deux ?

L'armure est sur lui — soleil qui brille !...
— Vol abrupt ! Volons ! —
Le cheval — droit sur ma poitrine —
Plante son talon.

Cape de feu — aux volets s'achève.
Galop de feu — trêve !

Ni neige vrombissante,
Ni balayage — balai.
Ni panache emballé, —
Saule, au virage.
Ses mèches grises balayées
Démarche balancée, — sans bec d'aigle
D'outre-nue, mais le nez fourré
Dans l'épais nuage d'un chaudron, —
Une bonne femme —
Elle a dans les mains —
Un chiffon.

Verre à l'envers sur bouteille pas finie
On laisse — on y reviendra.
— En quoi est-ce mon rêve ? Et le rêve dit :
Ton ange ne t'aime pas.

Premier tonnerre sur le crâne — ou coup dur
Sur le crâne ? ! — Gens ! Holà !
Front rongeant l'oreiller sec : ce coup de dire :
Le premier : Ne t'aime pas !

N'aime pas ! — Tresses de femme : nul besoin !
N'aime pas ! — De bijoux rouges : nul besoin !
N'aime pas ! — Mais sur le cheval — sauterai !
N'aime pas ! — Sauterai — au ciel !

Ô esprit de mes pères, secouez vos chaînes !
Vacillez, pins séculaires !
Éole ! Ô esprit de mes pères, mes mèches
Dorées, brouille-les ! De l'air !

Sur le cheval blanc, au-devant des guerriers
Allons, — sous la foudre des fers argentés !
Voyons, voyons comment se bat cet altier
Sur le Cheval-Dit-Le-Rouge !

De bon augure : le ciel s'abat !
L'aube ensanglante mon casque !
Soldats ! Jusqu'au ciel — encore un pas :
Le grain croît sous la caillasse !

En avant — par-dessus le fossé ! — Tombés ? —
 Un rang.
Au suivant — par-dessus le fossé ! — Tombés ? —
 Encore
Au suivant — par-dessus le fossé ! — Le glacé blanc
Des cuirasses, qui sait : sang ? Aurore ?

Soldats ! — Quel ennemi — enfoncer ?
Dans mon sein un frisson chauffe.
Pénètre, pénètre, épée d'acier,
Un rayon — sous mon sein gauche.

Murmuré : tu es comme je t'ai voulue !
Ruminé : tu es comme je t'ai élue,
Enfant de ma passion — sœur — frère — future
Sur le glacier — des armures !

À nul autre — jusqu'à la fin des temps ! Mienne !
Moi, les bras levés : Lumière !
— Tu resteras, à nul autre seras, — non ?
Moi, pressant sur ma plaie : Non.

Pas la Muse, non, pas la Muse,
Ni l'usure des liens
Parentaux, — ni tes filets,
Ô Amitié ! — Pas une main de femme, —
— une féroce —
A serré sur moi le nœud —
— En force.

Terrible alliance. — Moi, couchée dans le noir
Du fossé — Le Lever est si clair — !
Oh ! qui m'a fixé ces deux ailes sans poids
À l'épaule —
Derrière ?

Témoin muet
Des tempêtes vivantes —
Couchée dans l'ornière,
Je lorgne
Les ombres.

Tant que
Vers l'azur
Ne m'emportera pas
Sur le cheval rouge —
Mon Génie !

Moscou,
31 décembre 1920-
4 janvier 1921.

LA NEIGE

Neige, neige
Plus blanche que linge,
Femme lige
Du sort : blanche neige.
Sortilège !
Que suis-je et où vais-je ?
Sortirai-je
Vif de cette terre

Neuve ? Neige,
Plus blanche que page
Neuve neige
Plus blanche que rage
Slave...

Rafale, rafale
Aux mille pétales,
Aux mille coupoles,
Rafale-la-Folle !

Toi une, toi foule,
Toi mille, toi râle,
Rafale-la-Saoule
Rafale-la-Pâle
Débride, dételle,
Désole, détale,
À grands coups de pelle,
À grands coups de balle.

Cavale de flamme,
Fatale Mongole,
Rafale-la-Femme,
Rafale : raffole.

Poème écrit
en français en 1923.

Tu m'aimas dans la fausseté
Du vrai, — dans le droit du mensonge,
Tu m'aimas — plus loin : c'eût été
Nulle part ! Au-delà ! Hors songe !

Tu m'aimas longtemps et bien plus
Que le temps. — La main haut-jetée ! —
Désormais :
— tu ne m'aimes plus —
C'est en cinq mots la vérité.

12 décembre 1923.

LE POÈME DE LA MONTAGNE

Liebster, Dich wundert die Rede?
Alle Scheidenden reden wie Trunkene und nehmen gerne sich festlich...

HÖLDERLIN[1]

DÉDICACE

Que tu tressailles —
Et tombent des montagnes,
Et monte — l'âme !
Laisse mon chant monter :
Chant de l'entaille,
De ma montagne.

Je ne pourrai
Ni là, ni désormais
Combler l'entaille.
Laisse mon chant monter
Tout au sommet
De la montagne.

1. « Amour, ce discours t'étonne ? Tous ceux qui se séparent, quand ils parlent, sont comme ivres et se laissent prendre volontiers au jeu du solennel... » (*Hypérion*).

1

Cette montagne était le torse
D'un conscrit renversé par la mitraille.
La montagne voulait des noces,
Des lèvres vierges, un cérémonial

Cette montagne — l'exigeait.
Irruption de l'océan dans l'oreille,
Criant « hourra » d'un même jet.
Cette montagne errait et guerroyait.

Montagne pareille au tonnerre.
C'est en vain qu'on joue avec les titans !
De la montagne — la dernière
Maison au bout du faubourg : souviens-t'en !

Des mondes — que cette montagne !
Pour le monde il prend cher, Dieu est avide.
L'entaille vint de la montagne.
La montagne était par-dessus la ville.

2

Parnasse, Sinaï ?
Non ! Simple colline à casernes,
Rien d'autre — feu ! vas-y !
Bien qu'octobre et non mai, qu'y faire ?
Cette montagne-ci
M'était le paradis !

3

Paradis sur la paume offert
— Qui s'y frotte, brûle entier ! —
La montagne avec ses ornières
Dévalait sous nos pieds.

Comme un titan avec ses pattes
De buisson et de houx,
La montagne agrippait nos basques
Et ordonnait : — debout !

Paradis — oh, nul *b-a-ba*,
— Courants d'air : d'air troués ! —
La montagne nous jetait bas
Et attirait : — couché !

Comment ? C'est à n'y rien comprendre :
Propulsés, ébahis !
La montagne était consacrante
Et désignait : — ici...

4

Perséphone, pour ce grain de grenade...
L'oublier en plein gel d'hiver ? !
Double coquille des lèvres qui tardent,
Leur bord aux miennes — entrouvert.

Perséphone, pour un grain dégradée !
La pourpre opiniâtre des lèvres,
Et tes cils — pure brisure et, dorée,
La dent de l'étoile s'élève...

5

Ni erreur — que la passion, ni conte,
Et nul mentir, mais : d'un jour !
Ah ! Si nous étions venus au monde
En terrestres de l'amour !

Ah ! Si tout bonnement, d'un sens sûr :
Ça ? — colline ! Mamelon !
(À l'attrait pour le gouffre on mesure,
Dit-on, le niveau des monts.)

Dans les touffes de bruyère fauve,
Les souffrants îlots de pins...
(... Le délire : au-dessus du niveau
De la vie.)
 — Prends, je suis tien !

Hélas ! La famille douce, ronde,
Les gazouillis qu'eux savourent...
Puisque nous sommes venus au monde
En célestes de l'amour !

6

Lamentait la montagne (en terre tant reste
Amère l'entaille où saignent les ruptures),
Lamentait la montagne sur la tendresse
Tenaillante de nos matins obscurs.

Lamentait la montagne sur notre lien :
Nos lèvres : parenté des plus imparables !
Témoignait la montagne — qu'à chacun
Il serait dû selon ses larmes.

Et la montagne témoignait — camp tzigane,
La vie ! de cœur en cœur qu'on brade son temps !
La montagne lamentait encore : Agar,
Il la fit partir — avec l'enfant pourtant !

Et la montagne témoignait — nous : jouets
Du démon ! Nulle intention dans ses montages !
La montagne parlait, nous étions muets.
Nous nous en remettions à la montagne.

7

Lamentait la montagne — rien que tristesse
Resterait du sang et brasier qui sont nôtres.
Témoignait la montagne : elle ne nous laisse-
Rait pas, ne t'admettrait pas avec une autre.

Lamentait la montagne — rien que fumée
Resterait de nos cités et au-delà.
Témoignait la montagne — nous : destinés
Aux autres (je n'envie pas ces autres-là !).

Lamentait la montagne — d'un poids affreux,
Le serment qu'il est trop tard que nous reniions.
Témoignait la montagne — vieux est le nœud
Gordien — devoir et passion.

Lamentait la montagne sur notre entaille —
Demain ! Attends ! Quand au-dessus de nos fronts
Non la mort, — seul memento : la mer étale !
Demain, quand nous comprendrons.

Un bruit... Comme si quelqu'un tout simplement
—
Eh bien... pleurait tout près ?
Lamentait la montagne, séparément
Descendre il nous faudrait

Dans la vie dont nous savons bien tous : bohème,
Boue, bazar, et cætera...
Témoignait encore que tous les poèmes
Des montagnes
s'écrivent
comme ça.

8

Cette montagne était la bosse
D'Atlas, — titan gémissant qui tient bon.
La montagne fera la force
De la ville où dès l'aube nous battons

Nos vies comme cartes jetées !
— Passionnés, obstinés à *ne pas être.*
Ainsi que l'ours pour l'âpreté
De son cri, ainsi que les douze apôtres

Révérez mon ingrate grotte.
(Grotte — j'étais, où les vagues s'engouffrent !)
De ce jeu la dernière porte,
T'en souviens-tu — tout au bout du faubourg ?

Des mondes — que cette montagne !
Les dieux se vengent de leurs simulacres.
L'entaille vint de la montagne.
La montagne était sur moi sépulcrale.

9

Passeront les années, la pierre sus-dite
En plate sera changée, ôtée.
Alors notre montagne sera construite
De pavillons, d'enclos — grignotée.

On dit qu'en bordure, sur de tels coteaux
L'air est plus pur et qu'il fait bon vivre.
Et l'on se mettra à tailler des lambeaux,
À rayer de linteaux l'herbe vive,

À niveler mes cols et tous mes ravins —
À l'envers ! Car il faut qu'un soupçon
De *maison* entre dans le *bonheur* d'au moins
Quelqu'un, — de *bonheur* — dans la maison !

De bonheur, — dans la *maison*, d'amour dénué
De fiction et de tension des veines !
C'est qu'il faut être femme et le supporter !
(Il fut bel et bien, quand tu venais,

Le bonheur — dans la maison !) D'amour tranquille,
Sans que rupture et couteau s'imposent.
Des ruines de notre bonheur une ville
Se lèvera — d'époux et d'épouses.

Et au bon air dans cette même nature
— Si tu peux — faute ! Tant qu'il est tôt ! —
Les boutiquiers pourront en villégiature
Mâcher et remâcher leur magot.

Et d'inventer des couloirs courbes ou droits
Pour que, brin à brin, la maison — fût !
Car il faut bien qu'au moins quelqu'un ait un toit
Et un nid de cigogne au-dessus.

10

Jamais la montagne n'oubliera — le jeu
Sous le poids de pareils fondements.
Se perdre — on le peut, — la mémoire : on ne peut :
La montagne a montagnes de temps !

Et ils comprendront ! Que leurs yeux s'écarquillent
Devant les crevasses obstinées :
Non pas monticule planté de familles, —
Mais cratère qu'on a déclenché !

On n'immobilisera pas le Vésuve
Par des vignes ! Avec du lin on
Ne tiendra pas un géant ! La folle étuve
Des lèvres suffit afin qu'en lion

Les vignes changées, se retournent soudain,
Crachant sur vous des laves de haine.
Vos filles seront rien moins que des putains
Et vos fils écriront des poèmes !

Fille, élève un enfant naturel ! Dehors,
Fils ! Livre-toi aux femmes du vent !
Il ne vous sera pas donné, vous — les corps,
De séjour de plaisir sur mon sang !

Plus dur que la pierre angulaire — voici
Le serment d'un mourant qui défaille :
Il ne vous sera pas donné, vous — fourmis,
De bonheur d'en-bas sur ma montagne !

Vienne un temps ignoré, — une heure incertaine,
— Famille au complet — vous connaîtrez
La montagne du commandement septième,
— Montagne énorme, démesurée.

POSTFACE

La mémoire a des effondrements,
Les yeux sont recouverts de sept taies...
Je ne te vois pas — séparément.
Un trou blanc — à la place des traits.

Sans indices. Trou, vaste pâleur
— Que toi, tout toi ! (L'âme n'est que plaies,
Pure plaie.) C'est l'œuvre des tailleurs
De marquer les détails à la craie.

Tout le ciel d'un seul tenant s'étale.
L'océan : des gouttes le remplissent ?
Sans indices. Tout entier — spécial —
Lui ! Complice est l'amour, non police.

Pelage d'alezan, de moreau ?
Que le voisin le dise : il voit bien.
La passion coupe-t-elle en morceaux ?
Et moi, suis-je horloger, chirurgien ?

Tu es un cercle entier — pleinement.
Tourbillon — pleinement, bloc entier.
Je ne te vois pas séparément
De l'amour. Signe d'égalité.

(Dans les touffes de duvet, la nuit,
— Collines d'écume par rafales —
La nouveauté étrange pour l'ouïe,
Au lieu du « je » : le « nous » impérial...)

Mais dans les jours étroits, indigents
— « La vie, telle qu'elle est » — en revanche,
Je ne te vois pas conjointement
Avec aucune.
— Mémoire se venge.

Janvier 1924, Prague,
Colline Smikhovski-
Décembre 1939, Golitsyno,
Maison des Écrivains.

LE POÈME DE LA FIN

1

Le poteau sur un ciel rouillé,
Doigt hautain.
Lui, posté au lieu désigné ;
— Le destin.

Moins le quart. Ponctuel, non ? — La mort
N'attend pas.
Exagérément dès l'abord :
Chapeau bas.

Chaque cil d'un défi — chargé !
Bouche : exclue.
Exagérément dégagé,
Le salut.

— Moins le quart. Exact, non ? Syllabes
Sonnant faux.
Le cœur tombe : qu'a-t-il ? Signal
Du cerveau !

Ciel des noirs présages : acier
Et rouilleur.
Lui, présent au lieu familier.
Soir : six heures.

Ce baiser : lèvres de bois ! Bien
Insonore !
Tel qu'aux souveraines — la main,
Tel qu'aux morts...

Citoyen se précipitant :
Les reins prennent.
Exagérément lancinante,
La sirène.

Hurlante, ainsi qu'un chien rugit,
— Bruit rageur.
(Exagération de la vie
Quand on meurt.)

Soudain, — ce qui n'est qu'à mi-corps —
Jusqu'aux astres.
(Exagérément, ou encore :
Tout plus vaste.)

Mentalement : cher, cher. — Quelle heure ?
— Sept, disons.
Au cinéma, ou bien ? — Lueur :
« La maison ! »

2

Libre fratrie nomade, —
C'est là qu'on te menait !
C'est l'éclair, la tornade,
Le sabre — son reflet,

Ce sont les mots en foule
Que d'effroi nous taisons.
C'est la maison qui croule —
Ce mot : maison.

Cri de l'enfant perdu :
Ma maison !
Le tout-petit — son dû :
« Ma », « mes », « mon » !

Mon frère en aventure,
Ma fièvre et ma fusion,
On se rue hors des murs,
Et toi — à la maison !

Cheval ruant rompt l'attache —
Les cimes ! — Corde en charpie.
— Mais de maison, pas la trace !
— Si, à dix mètres d'ici :

La maison sur la montagne.
— Plus haut, encore ? — Au sommet.
Au bord du toit, la mansarde.
— « *Qui ne brûle pas du fait*

De la seule aube ? » Dès lors,
Vivre ? — Poèmes, raillez !
Maison, c'est dire : dehors,
Dans la nuit.
(À qui narrer

Ma peine, oh ! à qui ma perte ?
L'horreur violacée, qui l'ouït ?...)
— Votre réponse — enfin prête ? —
C'est un méditatif : — Oui.

3

Et maintenant — le quai. À l'eau
Je me tiens comme à un corps dur.
Sémiramis, ah ! ils sont beaux
Tes jardins suspendus, pour sûr !

À l'eau — rouleau de minerai
Aux macabres enluminures —
Je me tiens comme à son livret —
La cantatrice, comme aux murs

L'aveugle… Prise dans tes froids ?
Tu m'entends ? — Je me penche (chiche ?)
À l'étancheuse-en-toute-soif
Je me tiens, comme à la corniche

Le somnambule…
Peur, mais pas
Due au fleuve — suis née naïade !
Prendre le fleuve pour le bras
De l'aimé, quand il accompagne,

Fidèle…
Des morts c'est l'octroi !
Oui, mais tous ne vont à l'aurore…
La mort à gauche et côté droit —
Toi. Mon flanc droit est comme mort.

La lumière irradie d'un coup.
Rire à grelots de bricolage.
« Vous et moi, il faudrait que nous…
(Frisson)… Nous aurons le courage ? »

4

Là un brouillard blond transhume,
Vague d'un volant de gaz.
Surchauffé, surenfumé,
Et surtout — surjacassé :
Ce que ça sent ? Folle presse,
Combine et copinerie,
Cachotteries de commerce
Ainsi que — poudre de riz.

Célibataires bagués,
Jeunes vieillards adulés...
Surmoqué, surricané,
Et surtout — surcalculé !
En liquide et en espèces,
Et le bec et la farine.
... Manigances de commerce
Ainsi que — poudre de riz.

(De profil : — *ça là*, c'est notre
Maison ? — Pas moi la maîtresse !)
L'un tout à son chéquier, l'autre
Au chiqué d'un gant glacé.
Celui-là tout doux s'empresse
Près d'un petit pied verni.
... Épousailles de commerce
Ainsi que — poudre de riz.

Brisure d'argent : l'emblème
De Malte au carreau, — stellaire !
Surcaressé, suraimé,
Et surtout — surcompressé !
Surpincé... (Il pue, le reste
De mangeaille : dis merci !)
... Tripotages de commerce
Ainsi que — poudre de riz.

Courte, la chaîne ? En revanche
Pas de l'acier, du platine !
Des troncs mâchent une tranche
De veau, tremblant de leur triple
Menton. Sur un cou cônesque,
Le diable — à tête d'outil.
... Catastrophe de commerce
Ainsi que — poudre de qui ?
Berthold Schwartz[1]...
                                        Un homme doué —
Et bienfaiteur de l'entourage.
— Vous et moi, il faudrait que nous
Parlions. — Nous aurons le courage ?

5

Mouvement des lèvres. Je sais :
Ne parlera pas le premier.
— Vous ne m'aimez pas ? — Mais si je...
— Vous ne m'aimez pas ! — Et miné,

Et liquidé, éliminé !
(Regard d'aigle sur les parages)
— Ça — la maison ? Vous y pensez ?
— La maison est en moi. — Verbiage !

1. Berthold Schwartz (1318-1384), inventeur du canon (N. d. É.).

L'amour, c'est de chair et de sang.
Rougi de son sang qui s'étale.
L'amour, il vous semble que c'est —
Bavarder derrière une table ?

Un quart d'heure et chacun se rentre ?
Ainsi que ces messieurs et dames ?
Amour, cela veut dire...
— Temple ?
Petit ! Que l'on vous plante lame

Après lame ! — Sous l'œil braqué
Des viveurs ? (Et moi, à l'écart :
« Amour, cela veut dire : arc
Tendu : arc, corde : l'accord craque. »)

— Amour, cela veut dire — lien.
Nous, tout est loin : bouches et vies.
(Pas de mauvais œil ! — t'ai-je bien
Demandé en cette heure intime,

L'heure proche au sommet des monts
Et de la passion. Memoria —
Fumée ! L'amour, c'est tous les dons
Aux flammes — et toujours pour rien !)

La bouche — fente de coquille
Pâlie. Non rictus, — inventaire !
— Et avant toute chose — un lit
Unique.
— Abîme ! — avez-vous l'air

De dire. — Tambour de la main.
— Ce n'est pas déplacer les monts !
Amour, cela veut dire…
— Mien.
Je vous ai compris. Conclusion ?

Tambour de la main sans arrêt
Plus fort. (L'échafaud et la place.)
— Partons. — Et moi qui espérais :
Mourons. C'est tellement plus simple !

Les trucs à bon marché, suffit !
Assez de rimes, rails, hôtels…
— Amour, cela veut dire : vie.
— Non, les anciens le dénommaient

Autrement.
— Eh bien ? —
Le poing serre
Un poisson — lambeau de mouchoir.
— On y va ? — Votre itinéraire ?
Cartouche, rails, poison — au choix !

La mort — sans aménagements !
— La vie ! — En général romain,
Regard d'aigle à son régiment
Défait.
— Quittons-nous désormais.

6

— Je ne le voulais pas. Ou alors
Pas cela. (En silence : écoute !
Vouloir, c'est le propre des corps,
Dès lors l'un à l'autre — âmes nous

Voilà...). Et il ne l'a pas dit.
(Oui, à l'heure où le train se forme,
Le triste honneur de la sortie,
Vous le confiez aux femmes comme

Une coupe...) — Qui sait ? Démence ?
Méprise ? (De courtoise allure,
Menteur confiant à son amante
L'honneur sanglant de la rupture

Comme des fleurs...) Une syllabe
Après l'autre : eh bien ! — quittons-nous,
Avez-vous dit ? (Comme qui lâche
Un mouchoir à l'heure du doux

Tumulte...) De ce combat-ci
Vous êtes le César. (Ô gifle !
Comme un trophée — à l'ennemi
Confier l'épée qu'on a remise

Soi-même !). Il continue. (Montée
Du bruit...) — Je m'incline à nouveau :
Jamais on ne m'a devancé
Dans la rupture. — À toutes vous... ?

Et ne le niez pas ! Vengeance
Dont Lovelace serait fier.
Geste vous honorant par chance,
Et m'arrachant, à moi, la chair

De l'os. — Rire bref : perce la
Mort. Geste. (Volition : à bout !
Vouloir, c'est le propre *d'eux-là*,
Dès lors l'un à l'autre — ombres nous

Voilà...) dernier clou, non, dernière
Vis, car de plomb le cercueil — est.
— La toute dernière prière.
— J'écoute. — Pas un mot jamais

Sur nous... à aucun de ceux..., des
Suivants. (De leur brancard ainsi
Les blessés au printemps — levés !)
— Je l'aurais demandé aussi.

En souvenir si je vous donne
Un anneau ? — Non. — Grand regard vague
De qui s'absente. (Mets-moi comme
Un sceau sur ton cœur, une bague

À ta main… Théâtre : par trop !
Avalons !) De biais et tout bas :
— Plutôt un livre ? — Comme aux autres ?
Du tout ! Non, n'en écrivez pas,

De livres…

Donc pas la peine.
Donc pas la peine.
Donc pas de pleurs.

Dans nos fratries
D'errants pêcheurs
— Nuls pleurs, on rit !

On boit — nuls pleurs !
Chaleur du sang
Qu'on paie — nuls pleurs !

Perle qu'on fond —
Dans le vin ! Monde —
Qu'on fait ! Nuls pleurs !

— Ainsi, c'est moi qui pars ? Mes yeux
Le traversent. Arlequin jette
Un os — la plus ignominieuse
Des privautés — à sa Pierrette

Pour sa fidélité : l'honneur
De la fin. Geste du rideau.
Vocable dernier. En plein cœur
Un doigt de plomb : meilleur, plus chaud

Net...
Dents plantées
En pleines lèvres.
Ne pas pleurer !

Le plus muraille —
Dans le plus pulpe.
Mais — pas pleurer !

Fratrie d'errants :
On meurt — nuls pleurs !
Brûleurs — nuls pleurs !

Cendres et chants
Cachent le mort
Chez nous, errants !

— La première ? Le premier coup ?
Les échecs, en somme ? Il faut dire
Que même à l'échafaud on nous
Appelle les premières...
— Vite

Ne me regardez pas ! — Regard —
(Elles, par cascades déjà !
Que faire pour qu'elles regagnent
Les yeux, le dedans ?)... De ne pas

Regarder ! ! !

Voix forte et claire,
Yeux en arrêt :
— Partons, mon cher,
Je vais pleurer !

Ah ! oui ! Parmi les tirelires
Vivantes (commerçants — complices)
Une nuque blonde va luire :
Colza, houblon, seigle et maïs !

Bafouant tous les commandements
Du Sinaï — amazonante
Toison ! — Chevelure-diamant,
Golconde des apaisements

(Pour tous !). Dame-nature abonde
En biens ! Avare : pas toujours !
Chasseurs, de ces tropiques blonds
Où est le chemin du retour ?

Une nudité qui exsude
Le vulgaire, agrippe — adipeuse.
Ce ne sont que flots de luxure,
Fulminante d'or et rieuse.

— N'est-ce pas ? — Frôleur et frisé
Le regard. Chaque cil — la gratte !
— Et avant tout : pareil fourré !
Geste tourniquant en torsade.

Ô geste arrachant rien qu'à lui
Les habits ! Plus simple que boire
Et manger — rictus ! (D'un salut
Existe, hélas, pour toi l'espoir !)

Bon ! sœurement ou frèrement ?
Une alliançante — alliance ! — Rire,
N'ayant pas enterré vraiment !
(Et, ayant enterré, — je ris !)

7

Puis — le quai, le dernier. Plus tard :
Fin. Séparés, privés de main,
Voisins se tenant à l'écart,
On va. Du côté du fleuve — un

Sanglot. Je lèche sans alarme
Le sel du mercure en bouillons :
Le ciel a épargné aux larmes
La grand-lune de Salomon.

Poteau. Jusqu'au sang s'y cogner
Le front ! Qu'il se fracasse ! En poudre !
Co-meurtriers épouvantés,
On va. (La victime — l'Amour.)

Arrête ! Deux s'aimant — dormir
Avec d'autres ? Séparément ?
— Vous comprenez que l'avenir
Est là-bas ? — Moi : renversement !

— Dormir ! — Le couple à la mairie…
— Dormir ! — Ni même pas, ni même
Rythme. — Prenez mon bras, — je prie !
On n'est pas des bagnards en chaîne…

Décharge. (Main sur main — en fait !
Son âme sur ma main !) Comme arme
Qui charge, au long des fils en fièvre
Fait rage, — sa main sur mon âme !

Gage. Irisé : tout ! Plus iris
Que les larmes ? Collier-rideau
De pluie. — Qu'un quai ainsi finisse
— Jamais vu ! — Le pont :
                                        — Bien ? (de dos)

Ici ? Le-vée des yeux
Calmes. (Prêt — le convoi.)
Jusque chez vous, je peux…
Pour la der-nière fois !

8

Le der-nier pont.
(Ma main : que moi, je la dégage ?
La rende ? — Non !)
Le dernier pont, dernier péage.

L'eau et les cieux.
Piè-ces pour la mort — étalées.
Un sou gracieux
Dû à Charon pour le Léthé.

La pièce est d'ombre,
D'ombre — la main. Pas un bruit quand
Ces piè-ces tombent.
Et donc, d'ombre est la main qui prend

La piè-ce d'ombre.
Sans un reflet, sans un écho.
Piè-ces — aux tombes !
Les morts ont assez des pavots.

Le pont.

Des-tination
Des amants sans espoir, haut centre :
Pont, toi — passion :
Convention : rien que « passage-entre ».

Moi — comme au nid
Tapie, la côte — je m'y serre.
Ni *avant*, ni
Après : l'espace d'un éclair !

Ni jambes, ni
Bras. Le tréfonds des os l'atteste :
Seul mon flanc vit,
Que, contre le voisin, je presse.

Tout dans le flanc !
La vie ! Lui — la veille et l'oreille !
C'est jaune et blanc
Collés ! À l'esquimau pareille,

— Pressée, collée
À la fourrure. Et vous, Siamois !
Quoi ? Vous — liés ? !
Cette femme-là, souviens-toi,

Maman — tu lui
Disais : dans son triomphe quiet,
Et toute oubli,
Elle te portait, mais — moins près !

— Communs ! Conjoints !
Vois nos jours ! Tu m'as bercée contre
Ton cœur ! Plonger ?
Non ! Lâcher ta main — Qu'on n'y compte

Pas ! Et blottie,
Blottie… Inarrachablement.
Pont : non — mari :
Amant ! — Pur « passage-devant ».

Tu nous fais vivre,
Pont ! Nos corps : pâture du fleuve !
Givre à la vitre,
Huître : m'extirpent — ceux qui peuvent !

Huître ! À la vitre,
Givre ! Ni divin, ni humain !
Me je-ter vive,
Comme une chose, moi, dont rien

Du monde faux
Des choses, n'a eu le respect !
Je rêve : il faut !
C'est nuit ! Dis qu'au matin, après :

L'ex-press et Rome !
Grenade ? Saurais-je où je vais,
Dans le désordre
Des Himalayas de duvets ?

Brè-che, trou sans
Neige : mon dernier sang la chauffe.
Entends mon flanc !
Les vers — c'est tellement plus gauche…

Dis, ré-chauffé ?
À qui te loueras-tu demain ?
Raison : fauchée !
Dis que le pont n'a pas de fin

Et n'en au-ra pas...
                    — Fin

— Ici ? — Geste incolore,
D'enfant. — Bien ? — Je le bois.
— Un petit peu en-core :
Pour la dernière fois !

9

Au long d'usines résonnantes,
Vibrant à l'appel des voix...
Sous la langue le secret hante
Femmes et veuves, — à toi voi-

-là je dis le secret de l'être
Qu'Ève à l'Arbre a celé, vivante :
Je ne suis pas plus qu'une bête
Que quelqu'un a blessée au ventre.

Ça brûle... L'âme qu'on arrache
Avec la peau ! Au trou ! Fumée !
Partie, l'hérésie-grand-panache,
L'ineptie, — « âme » dénommée !

Chrétienne, terne infirmité !
Fumée ! De compresses — couvrir !
Elle n'a jamais existé !
Était — le corps, il voulait vivre,

Ne veut plus.

Pardonne-moi ! Je ne voulais
Pas ! Clameur des fonds éventrés !
Condamnés attendant qu'on les
Fusille, — devant l'échiquier

Au petit jour… Le judas comme
Pris d'un rictus narquois — pour nous !
Car c'est bien des pions que nous sommes !
Et quelqu'un là — mais qui ? — nous joue.

Brigands ? Ou dieux au bon vouloir ?
Tout englobant par le judas —
L'œil. Cliquetis dans le couloir
Du deuil. Planche levée — déjà !

Puis, la bouffée de cigarette.
(Crachat.) — On a vécu un coup !
(Crachat.) Chemin droit qui s'arrête
Sur les trottoirs du jeu — au bout :

Fossé ! Saigner ! Par la lucarne :
C'est l'œil de la lune qui point…

…

Et sur le côté je regarde,
Penchée — que tu es déjà loin !

10

— Notre café ! — Frisson
Unique — à l'unisson !

Notre église ! Ô îlot !
Couple d'un jour, très tôt,

Vagabonds sans adresse,
On célébrait la messe.

Le bazar, la lavasse,
Autre rive et printemps…
Un café dégueulasse, —
C'était du foin vraiment !

(C'est l'ardeur des chevaux
Qu'avec le foin on mate !)
D'Arabie — il s'en faut ! —
D'Arcadie, l'aromate

Dudit café…

Mais comme la patronne,
Nous ayant attablés,
Souriait, habile et bonne, —
Et les égards d'emblée

Des amantes blanchies :
Vivez ! On fane, un jour !
Sans-le-sou, — nos folies,
Bâillements, — à l'amour

Souriant, — à la jeunesse !
À nos rires — pour rire,
À l'ironie — sans cesse,
Aux visages — sans rides, —

Surtout — à la jeunesse !
Aux passions — pas d'ici !
Venant d'où ? — qui se presse,
Venant d'où ? — qui jaillit

Dans le café blafard :
— Les burnous et Tunis ! —
Aux muscles, aux espoirs
Sous nos chasubles tristes...

(L'ami, qu'on ne me plaigne
Pas : tant de cicatrices !)
Et nous raccompagnant,
Avec son bonnet lisse

Et le linge hollandais...

À mi-souvenir, mi-comprendre,
Comme de la fête enlevés...
— Notre rue ! — D'autres vont la prendre...
— Que de fois nous !... — Loin, ses pavés...

— Demain de l'Ouest le soleil part !
— David avec Dieu rompt les liens !
— Et nous, au juste ? — On se sépare.
— Il ne me dit strictement rien

Ce mot superabsurdissime :
Sé-pa-ra-tion. — Une sur cent ?
Un mot composé de dix signes :
Rien que le vide sous-jacent.

Attends ! La Tchéquie nous égare !
En serbe ou croate — on le dit ?
Sé-pa-ra-tion. On se sépare...
Surabsurdissime ânerie !

Oreilles : déchirement brusque
À ce son — et l'angoisse plus loin...
Séparation — ce n'est pas russe !
Pas féminin ! Pas masculin !

Pas divin ! Quoi ! Nous — des brebis
Bâillant qu'on disperse au repas ?
Séparation — en quel sabir ?
De sens, ça n'en a même pas,

Ni de son ! Bruit creux d'une scie,
Par exemple, pour un dormeur.
Séparation — ce sont des cris
De rossignols, martins-pêcheurs

Chez Khlebnikov...
Est-ce possible ?
Réservoir vidé — voilà l'air !
La main contre l'autre — est audible.
Se séparer — c'est le tonnerre

Sur la tête... Dans la cabine
L'océan ! Le cap — le dernier
D'Océanie ! Rues — trop à pic :
Se séparer, mais c'est au pied

De la montagne... Pied pesant :
Deux soupirs... Paume — sans retard,
Et clou ! Argument renversant :
Se séparer — c'est être à part,

Or nous sommes soudés...

11

Perdre tout en un tour —
Net ! Plus rien !
Banlieue, faubourg : des jours
C'est la fin.

Finis — silex, délices,
Nous, jours et édifices.

Villas vacantes ! (— Mère âgée) :
Même respect pour celles-là !
Car c'est une action que — vaquer !
Le creux ne vaque pas.

(Villas vacantes à moitié,
Mieux vaudrait vous brûler !)

Pas trembler, la blessure
Incisée.
Banlieue, banlieue : coutures
Déchirées.

Car l'amour — (sans enflure
Superflue) — est couture.

Ni mur, ni pansement, — couture !
— Pas d'armure pour toi !
Couture : le mort cousu dur
En terre, et moi — à toi !

(Le temps dira de quelle trempe :
Précaire ou résistante !)

En tout cas, l'ami, — déchirure !
Mille éclats et débris !
Fracas ! Encore heureux (— cassure !)
Qu'elle n'ait pas pourri !

Pas d'infection ! Rouge — la vie
Veinée sous le bâti !

Oh ! ne perd pas qui rompt
En force !
Banlieue, faubourg : des fronts
Le divorce.

Cerveaux — au vent ! (Dans les
Périphéries — gibets.)

Oh ! ne perd pas qui rompt et part,
À l'heure où l'aube point !
Une vie cousue pour toi, tard,
Sans bâti, par mes soins.

Tordue ? Pas de griefs ! Faubourg :
Rupture des coutures.

Âmes sans apprêt : plaies
Partout !...
Banlieue, faubourg... Ample est
Le courroux

Du faubourg. Entends le destin,
Sa botte dans les flaques
De boue !... Ami, juge ma main
Qui coud en toute hâte :

Le fil — va le défaire !
Le der-nier réverbère !

Ici ? La magie gagne —
Regard. (Races qui croient :
Regard.) — Sur la montagne ?
Pour la der-nière fois !

12

— Collines. Crinière
Drue : pluie dans les yeux.
Le faubourg — derrière,
On est en banlieue,

On est. Mais qu'en faire ?
Marâtre-virée,
Plus de lieu sur terre.
Nous, ici : crever.

Un champ. Haie autour.
Frère et sœur — nous deux !
La vie est un faubourg. —
Construis en banlieue !

La cause est, messieurs,
Perdue ! — Inutile...
Des faubourgs — rien qu'eux !
Mais où sont les villes ? !

La pluie rage et broie.
Debout, nous — deux êtres :
Rageons. En trois mois
Premier tête-à-tête.

Emprunter — c'est à
Job que voulait Dieu ?
Mais sans résultat...
On est en banlieue !

À l'extérieur ! Hors ! Hors de la ville !
Remparts franchis ! Tu comprends ?
Vivre est un lieu où c'est impossible :
Le quar-tier juif, du dedans...

Et ne va-t-on pas le front plus haut,
En devenant juif errant ?
Aux yeux de qui n'est pas un salaud,
Le po-grome juif étant

La vie. Ne vit que grâce aux nombreux
Renégats ! Grâce aux Judas !
Plutôt sur les îles de lépreux,
En enfer ! — mais pas dans la

Vie, — que pour les renégats, que pour
Le bourreau : à lui — la brebis !
Le droit à ma carte de séjour
Je le piétine ! J'en ris !

Piétiné ! Bouclier de David —
Vengé ! Viser dans la glu
Des corps ! N'est-il pas enivrant : vivre —
Le Juif ne l'a pas voulu ? !

Ghetto des élites ! Au trou ! Tiens !
Pas de pitié ! Que des gifles !
En ce monde-ci hyperchrétien
Les poètes sont des Juifs !

13

Aiguiser les couteaux sur
Le roc, ou bien balayer
La sciure ! De la fourrure
Sous les mains — mouillée !

Eh bien !, les sœurs, quoi ? !
— Force et sécheresse
D'homme ! Sous les doigts —
Larmes, non averse !

De quels charmes maintenant
Parler ? Sur tes biens — l'eau trône !
Après tes yeux de diamant,
Me ruisselant sous les paumes,

Fin de la fin. Cesse
Pour moi — le naufrage.
Caresses, caresses
Le long du visage.

C'est notre orgueil à nous deux —
Polonaises, à nous autres —
Marina. Après tes yeux
D'aigle pleurant sous mes paumes…

Mon ami, tu pleures !
Pardon ! Tout est mien !
Ô sel et rondeurs
Au creux de la main !

Larmes d'homme sont brutales.
Sur le crâne — la massue !
Pleure ! Et répare plus tard
La honte avec moi perdue.

U-ne mer relie —
Les poissons ! Se lève :
… Coquille sans vie,
Lèvres contre lèvres.

En larmes.
De l'oseille —
Au goût.
— Demain
Au réveil,
Moi — où ?

14

Le sentier à moutons —
Descend. Ville en vacarme.
Vers nous, trois filles vont.
Elles rient. Face aux larmes

Elles rient, — plein midi
Terrestre, hautes crêtes
Marines !
                    — Elles rient
De tes larmes abjectes,

Indues, — d'homme !, visibles
Dans la pluie : plaies striées !
Perle honteuse qu'exhibe
Le bronze du guerrier.

De tes larmes, — oh ! verse ! —
Premières et dernières.
Tes larmes, ces perles
Que ma couronne acquiert.

Mes yeux levés — exprès !
Ils traversent l'averse,
Fixes. Fixez plus près,
Poupées de Vénus ! Reste

Ce lien-ci plus étroit
Que l'attrait et l'étreinte.
Le Chant des Chants nous doit
La parole — on l'emprunte,

— Obscurs oiseaux : contraint,
Salomon s'émerveille,
Puisque pleur en commun —
Est bien plus que sommeil !

Lui — ployé, égal — passe
Les creux d'ombre en arceaux,
En silence, sans trace —
Comme sombre un vaisseau.

Prague, 1er février 1924-
Ilovichtchi, 8 juin 1924.

TENTATIVE DE JALOUSIE

Comment ça va la vie avec une autre,
Plus simple, n'est-ce pas ? — Rames, claquez ! —
S'est-il vite, le profil de la côte,
Le souvenir, s'est-il vite masqué.

De moi, de moi, île désamarrée ?
(Voguant de par le ciel, non sur les flots !)
Âmes ! Jamais amantes ne serez !
Sœurs vous serez ! Sœurs : vous ! C'est votre lot !

Comment ça va la vie près d'une femme
Simple ? C'est comment *sans* divinités ?
Votre souveraine, prince profane,
Détrônâtes (ledit trône quitté),

Comment ça va la vie, les froissis d'ailes,
Les tracas ? Le lever, comment se passe ?
Pauvre créditaire de l'immortelle
Médiocrité, comment faites-vous face ?

« Tressauts et syncopes, stop ! Je suis quitte !
Un toit me louerai ! Suffit, le déluge ! »
Comment ça va avec n'importe qui,
Dites, comment, quand on est mon élu ?

Pour sûr plus comestible, domestique,
La table ? Qu'on s'en lasse, faute à qui ?
Comment ça va la vie près d'un pastiche
Pour vous qui trahîtes le Sinaï ?

Comment ça va près d'une d'ici-bas,
D'une si peu vôtre ? Son flanc vous plaît ?
À toute bride Zeus ne fouette pas
Votre front ? La honte vous laisse en paix ?

Comment ça va « vivre », comme va-t-elle
La force d'être ? Et de chanter, la force ?
Pauvret, la blessure de l'immortelle
Conscience, comment y faites-vous face ?

Comment ça va la vie près d'un produit
De pacotille ? Un peu abrupt, le prix ?
Les marbres de Carrare reconduits,
Comment ça va la vie près d'un débris

De plâtre. (Taillé dans la masse même,
— Dieu, sa tête : presque aussitôt détruite !)
Comment ça va avec la cent-millième,
Dites, pour vous qui connûtes Lilith !

L'or de pacotille vous intéresse
Encore ? Las des grâces magiciennes,
Comment ça va auprès d'une terrestre,
C'est comment une femme *sans* sixième

Sens ?
Bon, la tête entre deux mains : heureux ?
Non ? Des fonds sans profondeur étant l'hôte,
Comment ça va, l'ami ? Plus douloureux,
Moins douloureux que pour moi près d'un autre ?

19 novembre 1924.

à Boris Pasternak

Dis-tance : des verstes, des milliers...
On nous a dis-persés, dé-liés,
Pour qu'on se tienne bien : trans-plantés
Sur la terre à deux extrémités.

Dis-tance : des verstes, des espaces...
On nous a dessoudés, déplacés,
Disjoint les bras — deux crucifixions,
Ne sachant que c'était la fusion

De talents et de tendons noués...
Non désaccordés : déshonorés,
Désordonnés...
                                        Mur et trou de glaise.
Écartés on nous a, tels deux aigles —

Conjurés : des verstes, des espaces...
Non décomposés : dépaysés.
Aux gîtes perdus de la planète
Déposés — deux orphelins qu'on jette !

Quel mois de mars, non mais quelle date ? !
Nous a défaits, tel un jeu de cartes !

24 mars 1925.

ENVOYÉ DE LA MER

Par le vent nord-sud,
Je sais : pas possible !
Possible — j'en use !
En engin mobile,

— Tourniquet d'air : lutte
Chassant les copeaux —
Rêve : trois minutes
De durée. Presto !

Qu'importe à quel cou
Tu dors. Trois minutes.
L'Océan — Moscou :
Trop long — inutile !

Fulgurant trajet
Réservé : sans frein !
De mon rêve j'ai
Sauté dans le tien.

Tu rêves de moi.
Clair ? Flagrant ? Plus net
Que sous la paroi
D'un timbre ? Une lettre —

Je vaux ? Un cachet —
Je vaux ? À ton gré ?
Je le jure : c'est
Moi, pas du papier !

Des mœurs de césure
Libre. Du bord : saut !
Exempt de censure,
Exempté de sceau.

Tous bernés, pantois,
— Cursive du rêve —
De la mer à toi —
Missive si brève !

Si brève dépêche.
Mon poids ? C'est à rire !
Quel qu'il soit — n'empêche
Rien : avec ma lyre

Entière, le loin,
Les Cenci, leurs drames.
Un rêve, c'est moins
Qu'un pli de dix grammes.

Six : pour chacun — trois
(Le rêve est mutuel)
Tu regardes, — vois !
Pas impersonnel —

Le nez, forme d'un té —
Le front, ancien signe
— Rien à ajouter —
Des lèvres qui signent.

C'est moi — sans la glose,
C'est moi — sans rature.
Poignée — ô de roses
Des Alpes !, masure

À la mer, pourtant
Vagues — bien gentilles.
Tiens — de l'Océan :
Poignée de coquilles.

Prends-les peu à peu à leur place en rond.
La mer jouait. Jouer — c'est être bon.
La mer jouait, et moi je les prenais,
La mer perdait, et moi je les posais

Dans l'antre, dans ma joue — âpre, salin !
Bonne boîte — la bouche, si les mains
Sont prises. Vive toi, lame ! Renais !
La Muse perdait, la vague prenait.

Coraux de crabes — comprendre : coquilles.
La mer jouait, jouer — bêtes broutilles !
Penser — mèche d'argent ! —
Intelligent ! Jouons !

Aux coquillages. Air : « Petit navire ».
L'un — en forme de cœur, l'autre de lyre,

Trois tas : la clé de sol
De l'enfance — en survol.

L'ai ramassée près des poissons qu'on rentre.
Ça — rogaton d'angoisse dévorante :

Caillou, — toi, ça t'arrange —
Mieux que vague je ronge,

Enragée sur la dune désertée.
Ça ? Rognures d'amour qui a été :

Le restaurer — pas sûre :
Peu profonde morsure.

Lui là, sur la liste il n'est pas inscrit.
Ça — rongement : non d'amour — grignotis

Du remords. Camelote —
Pleurer ! Je le grignote

Lui, — pas le moins du monde grignotable.
Ça — mais c'est nos restes de coquillages

Pour demain. Vois ! Oh non !
Dommage. Partageons.

Pas ceux qui plairont, ce qui sortira.
(Ton fils, pour jouer on ne pourrait pas
Le prendre — on serait trois ?)
Le premier coup — c'est moi.

Oui, mais le sable entre les doigts — fluide !
Attends : d'une strophe ce sont les bribes :
« La gloire est souterraine »
Bon. Complète, toi-même.

Oui, mais le sable entre les doigts — coulant !
Attends : ce sont les frusques du serpent :
Jalousie ! Tout paré,
Le muant, — de fierté,

De son plein droit, regardez-le qui rampe !
Finir un crabe vide — on n'est pas membre
De *Na postu*. Nul crabe :
Mais gloire qui dérape.

Caprice modique :
Caillou — Pierre Ponce.
Creux comme un critique.
Comme un censeur — fronce

Son front au nouveau.
— Les censeurs : qu'ils dorment !
De nos vers, s'il faut —
C'est l'aube la norme.

(L'aube a beau regard :
L'eau de Castalia
Pour amie. S'égare
La plume : aléas !

« Mon lapin, des vers ?
Il y en a plein ! »
On passe au travers
Sans qu'un œil malin...)

Meule, toi, meule, toi, ronde marine !
Mammouth, papillon — la mer tout mouline.
Pas de notre mouture —
Parler d'elle : sciure !

Voilà, j'achève de dire et — silence.
Mer, belle meunière ! Bas-fond : lieu dense
Où nous, choses menues :
Balayés ! Tout moulus !

Professeur, moulin à paroles, cesse !
Bas-fonds — que nos continents ! Naître : qu'est-ce ?
(But : multiplication)
— Échouer sur un bas-fond.

Propice : de naphte, tourbe muni !
Immortalité ensablée — la vie.
Fiers, mais hors de propos !
La vie ? — Pénurie d'eau

Supraocéane.
Pardon d'avance :
De ces objets toc que je te balance.
— Fonds marins jamais vus,
Balancés par le flux.

Il ne fait que laisser : prend — qui le veut !
Que le reflux apporte — c'est curieux,
Que dans la paume il porte.
Tu reconnais les notes ?

Il nous en reste deux ou trois chacun,
Quand le dieu qui les apporta — retient,
Reflue… Le luth orphique…
Plage — page à musique !

— Un instant de ramassage divers !
Je te balance un tas de balivernes :
Tant de mots qui moulinent
De l'étoffe marine !

Comme a la pêcheuse quand elle vend.
Enfin je t'ai réservé un présent.
Fais-en ceci : rends proches
La mer et Moscou, proches —

La Soviétorussie et l'Océan.
Au républicain — de sa main de chouan,
Lui, l'Océan-Le-Vaste
Donne. Accroche à ton casque !

Et va dire aux paysans que plus belle
Que la rouge sur leur casque — c'est elle,
— Non des classes la guerre —
Mais : l'étoile des mers !

Aux artisans et aux étrangers même :
— La sixième branche de Bethléem
Coupée —, qu'ils sont voués
À l'étoile salée :

À celle des preux de l'épopée russe.
(Je m'étends, mais autant que la mer use
De ses grands fonds cachés)
Dis aux autorités

— Leurs noms et titres : c'est pas mon souci —
Que sur la poupe du vaisseau Russie :
(Qu'on prévoie qu'il échoue)
— Cette chose à cinq bouts !

Rochers nus, côtes d'éléphants, rognons...
Mer fatiguée, la fatigue rend bon.
Éternité, prends-nous !
Dormons ! Rame un bon coup !

Serrés, mais lointains,
Feu, mais pas chandelle.
Non sommeil commun,
Mais rêve mutuel :

En Dieu, l'un en l'autre.
Nez — croyais-tu ? — Cap !
Sourcils ? Non ! Sont nôtres :
Sorties sous les arcs

Du Visible.

Vendée,
Saint-Gilles-sur-Vie,
mai 1926.

TENTATIVE DE CHAMBRE

Murs de la routine — comptés
Avant moi. Trou ? Hasard ? — Trois murs
Dans mon souvenir — attestés !
Du quatrième — pas très sûre.

De dos au mur : c'était le cas ?
Peut-*être*, mais peut bien *ne pas*

Être. N'était pas. Le vent. Dos —
Mais pas de mur derrière, n'est-ce
Pas ? Tout ce qu'on veut... *pas*. De Dno :
« Le tsar abdique ». Voie express :

Pas que la poste ! Urgent parcours
Des fils, — de partout, de toujours.

On a fait du piano ? En bloc —
L'air. Vent. Voile gonflée. Doigts en
Coton. La sonatine flotte.
(N'oublie pas que tu as neuf ans.)

De ce mur jamais vu plus tôt —
Je sais le nom : le mur du dos

Au piano. Ou — au bureau, ou
Encore derrière une trousse
À raser (il a pour atout
— Ce mur-là — : qu'en couloir il pousse

Dans la glace. *Déplace* — avise !
Chaise portative du vide).

Chaise à ceux — qu'entrer : interdit
Par la porte ! Aux semelles — seuil
Sensible ! Toi, tu as grandi
De ce mur (passé : bref recueil).

Un chapitre entre nous s'entasse.
Tu grandiras comme Danzas

En arrière.
Celle qui décrète,
Tel Danzas, l'élu, lourd des pièces,
(Je sais son nom : le mur des crêtes !)
Entre — non du pas de Dantès.

La nuque. — Pour la catastrophe,
Prêt ? Tout comme toi dans dix strophes,

Stop.
L'œil vise l'arrière-front.
Mais, laissant le tir postdorsal,
À l'évidence le plafond
Était. Comme au salon : normal !

Peut-être penchait-il, au fond ?
(Armes visant l'arrière-front —

Qui fond.)
Et le cerveau déjà —
Pressionné. Le dos se lézarde.
Voilà les murs de la Tchéka,
Des aubades et fusillades

Limpides : plus net que l'écho
Des gestes — de dos dans le dos !

La fusillade me confond.
Mais, laissant le tir postmural,
À l'évidence le plafond
Tenait (utile en quoi, plus tard,

— Lui ? !) Revenons au quatrième
Mur : où reculant, le couard, blême —
Recule.
« Bon, et un plancher —
Y avait ? Quelque chose où asseoir… »
Mais oui ! — Pas pour tous. — Chevauchée
D'arbres, de câbles, balançoires,

Sabbats... Là-haut !
Tous nous devons
Souder notre pesant talon
Au vide.
Plancher — pour les pieds.
Quel implanté, incrusté — l'homme !
Plafond : les gouttes épargnées.
Une par heure, tu sais comme

L'ancien supplice ? Plancher : qu'herbe
Ni terre en la maison pénètrent —

Ni ces êtres non empêchés
Par les pieux dans la nuit de mai !
Trois murs, un plafond, un plancher.
C'est tout, non ? Dès lors : apparais !

Signe du volet, de la vitre ?
Chambre établie à la va-vite,
Juste ébauchée sur un brouillon :
Sur fond gris — blanchâtre crayon.

Ni couvreur, ni poseur de plâtre —
Le rêve. Au long de voies sans câbles —
Vigile. Dessous les paupières —
Gouffre où un et une se lièrent.

Nul tapis, nul meuble en réserve —
Le rêve, plus nu que la grève
Baltique. Plancher aux tons fades.
Chambre ? — Simples surfaces planes.

Débarcadère : plus riant !
Ça tient de la géométrie,
— l'abîme en tome cartonné,
Tard compris, mais non cantonné.

Et le char d'Apollon, son frein —
C'est la table ? Car elle a faim
De coude ! Coudes à l'oblique,
Tu obtiens la table tablique.

« Cigogne », et l'enfant naît — voilà :
Si besoin est — apparaîtra
La chose. La chaise surgit
Avec l'hôte — point de soucis !

Tout surgira,
Ni plans, ni veilles —
Vois-tu ? Te dire
Sous quelle enseigne ?

L'Être mutuel.
En forêt — trou
Perdu. L'Hôtel
Du Rendez-vous

Des Âmes.

Maison de rencontre. Autres —
Celles des séparés,
Même au Sud ! Des mains d'hôte ?
Non, c'est du plus feutré

Que les mains, plus fin, — pur
Que les mains. Bric-à-brac
Retapé — confort sûr !
L'ennui-monstre là-bas !

Ici : saintes-nitouches
Que nous ! En fait de mains :
Courriers, pensées, retouches,
— De mains : ultimes fins…

Sans fiévreux « où es-tu » ?
J'attends. Propriété
Des serveurs : gestes tus
Au palais de Psyché.

Le vent seul est cher au poète.
Jurer des couloirs : je suis prête.

La marche : base des armées.
Longtemps marcher, afin qu'après

D'un jet dans la chambre — et l'air
Du Dieu-Lyre…
— Chemin du vers !

Le vent, le vent levé : l'avance
De nos pas, le front sous sa lance !

« Et cætera » trouve sa place —
Couloirs : le chez-soi de l'espace.

Du freux le profil d'hérétique —
Espace à vitesse archaïque

D'enfant marchant dans ses effets
De pluie — charmants sons : fusain (l'f) ! —

Fer à friser — faisan : il fait
Sa traîne à la tour dite Eiffel.

Le fleuve à l'enfant est caillou,
L'espace — quartier, place, trou.

Mémoire où la guitare donne :
Espace : bagage à main, bonne…

(Espace — la mode) — l'idiot :
On sait bien ce que les chariots…

Conduit au plumier de tantôt.
Couloirs : des maisons — les canaux.

Noces, destins, décès, saisons, —
Couloirs : affluents des maisons.

Le couloir dès l'aube s'anime
— Pas que des balais : d'anonymes

Billets. Herbe et cumin empestent.
Genre de tâche : cou-loiresque.

Exigeant qu'on déblaie le sol
Des couloirs de la Carmagnole !

Qui bâtit les couloirs,
(Creusa), — sut où courber,
— Que le sang puisse avoir
Le temps de contourner

L'angle du cœur — l'aigu,
Cet angle : aimant des foudres !
Que l'île du cœur nue
Soit lavée tout autour.

Ce couloir-ci, c'est moi
Qui l'ai créé. — Ainsi ! —
— Le cerveau puisse avoir
Le temps de faire signe

Sur la ligne : « Personne
Ne monte » — au nœud crucial
Du cœur « Sauter, en somme —
Vas-y ! Sinon détale

Des rails ! » C'est mon couloir :
Non poète : d'emblée...
— Le cerveau puisse avoir
Le temps de distribuer

Les places : c'est un lieu
Que se voir, — plan, décompte
De mots — pas tous heureux,
De gestes, — purs mécomptes.

Soit tout l'amour en ordre,
Toute à toi chère au fond,
— Jusqu'au pli de la robe
Ou des lèvres ? — Du front !

Savaient rajuster leur robe : elles !
Couloirs : des maisons — les tunnels.

Vieillard que l'on mène à tâtons.
Couloirs : défilés des maisons.

Ami, vois ! En lettre ou en rêve,
C'est moi sur toi l'éclair qui crève !

Tu t'endors : paupière : descends !
C'est moi sur toi, — pressentiment

De lumière. Quand poindra l'heure
Extrême : c'est moi l'œil-lueur.

Et après ?
Rêve : ligne
Juste. Accès,
Puis s'inclinent

Front et front.
Le tien touche
Presque. Affront —
Rime : bouche.

Du fait que les murs se défont ? —
À l'évidence le plafond

Flanchait. Vocatif : seul archet !
À l'évidence le plancher…

La brèche ! Et le Nil vert au fond !
À l'évidence le plafond

Nageait. Le plancher, qu'est-ce hormis
« Qu'il croule ! » Des lames salies :

Rions ! Mal balayé ? — Au ciel !
Le poète entier tient en selle

Sur le tiret…

Au-dessus du *rien* de deux corps
Le plafond d'évidence alors

Chantait
à l'unisson des anges.

Saint-Gilles-sur-Vie,
6 juin 1926.

LETTRE DE NOUVEL AN

Bon Nouvel An, bord nouveau — monde — abri !
Ma première lettre, je te l'écris
Au lieu nouveau — qu'en vain on dit doré —
(Gorets — dorés !), lieu de bruit, lieu clamé,
Vibrant, vide comme la tour d'Éole.
Première lettre à toi de notre sol
Natal d'hier où sans toi je languis,
Et dès lors c'est d'une étoile parmi
D'autres... Loi du repli et du recul
Selon quoi l'unique devient quelqu'une,
D'existante inouïe — inexistée.
Comment je l'ai apprise : raconter ?
Ni déluge, ni tremblement terrestre.
Entre un homme, — quelconque « Quelqu'un » c'est —
Toi). — Un événement des plus fâcheux.
— Dans le Contemporain et les Dépêches.
— Pour nous : un article ? — Où ? — À la montagne.
(Les sapins ; fenêtre. Drap.) — Lisez pas
La presse ? Eh bien : l'article ? — Non. — Pourtant...

— De grâce, non ! Haut : trop difficile. En
Moi : pas marchand de Christs. — Dans un sana.
(Paradis de louage.) — Jour ? — Hier,
Mardi, — j'sais plus. — Viendrez à l'Alcazar ?
— Non : famille. En moi : tout, mais pas Judas.

Bon An à venir ! (Tu naissais demain !) —
Raconter ce que j'ai fait quand on vint
M'apprendre... ? Chut... Mot lâché. L'habitude !
La vie, la mort — depuis longtemps j'en use
Entre guillemets, comme de nœuds vides.
Je n'ai rien fait, mais il s'est fait très vite
Quelque chose, — sans ombre, sans écho,
Mais — faisant !
Dis : ton voyage là-haut ?
Comment rompit et ne s'est pas rompu
— Comment — le cœur ? Et comment, sur les purs —
Sang d'Orel, dépassant, *dit-il*, les aigles,
Se coupait le souffle : comme l'éclair ?
Ou plus doux ? À qui volait sur de vrais
Aigles russes : ni hauteurs, ni vallées.
De sang — notre lien à ce monde-là :
En Russie tu fus : ce monde-ci a
Mûri celui-là. Un bond ajusté !
La vie, la mort sont par moi prononcées
En ricanant — c'est qu'on touche à la sienne !
La vie, la mort — je les prononce à peine,
Avec un astérisque (nuit enviable :
Au lieu de l'hémisphère cérébral —
Les étoiles !)

Faudrait pas oublier,
Mon ami, ceci : que si l'alphabet
Russe a pris le relais de l'allemand
Ce n'est pas pour la raison qu'à présent
Tout conviendrait, que le mort (mendiant) tout
Mangerait sans broncher !, — mais que ce monde-
Là, le nôtre, — à treize ans je l'ai compris
Au cimetière Novodiévitchi :
Non, n'est pas non-parlant, mais tout-parlant.

Et je le demande non sans tristesse :
Que ne demandes-tu comme on dit « Nest »
En russe ? Une seule rime « zviozdy »
(Étoiles) couvrant tous les (nids) « gniozda ».

Je m'écarte ? Mais rien de tel, je crois,
Ne se trouverait — s'écarter de toi.
Tout, n'importe quel propos, Du Lieber,
Mène à toi le mot, si même on oublie
Le motif (plus que le russe m'est cher
L'allemand, entre toutes je préfère
Celle des anges. Soit !) — de même là
Où tu n'es pas — point de lieu, si — un : la
Tombe. Rien ne fut ainsi, — tout le fut,
— Est-il possible que de moi nul... plus... ? —
Ça va, Rainer, alentour c'est comment ?
Instamment et obligatoirement —
La première vision de l'univers
(: Du poète parmi lui), — la dernière
De la planète, à toi seul donnée, — toute !

Non du poète avec la poussière, ou
De l'esprit avec le corps (isoler —
C'est désoler, insulter les moitiés) —
Mais de toi avec toi, de toi à toi,
— Tenir de Zeus : est-ce de bon aloi ? —
De Castor — toi à toi — avec Pollux,
Du marbre — toi à toi — avec la mousse,
Ni séparation, ni rencontre, mais —
Confrontation : et rencontre première
Et séparation.
Ta propre main (traces
D'encre) — comme ton regard s'y attache
Du haut de tant de milles (des milliers ?)
— Hauteur infinie puisque incommencée
Au-dessus de ce cristal qui recouvre
Méditerranée et autres soucoupes.
Rien ne fut ainsi, — tout prendra quel tour ?
Et avec moi tout au bout du faubourg.
Rien ne fut ainsi, tout déjà s'enchaîne
— Qu'est-ce — à qui s'est biffé une semaine
Trop tôt ! — Où regarder (qu'on s'interroge),
Accoudé sur le rebord de la loge,
D'ici-bas — sinon vers ce monde-là,
De là — vers le si-souffrant ici-bas.
J'habite à Bellevue. Ville de feuilles
Et de nids. Avec le guide — un coup d'œil :
Bellevue. Prison avec vue select
Sur Paris — palais de chimères celtes —
Sur Paris — et un peu plus loin que lui...
Accoudé sur le rebord cramoisi

Combien à toi *ça doit* sembler
Ridicule du haut démesuré
Qui est tien, et combien donc *doivent* l'être
Pour moi nos Bellevue et Belvédère !

Bon. Passons ! Vu l'occurrence. L'urgence.
Le Nouvel An au seuil. À quoi — et quels gens —
Avec qui trinquer ? Avec quoi ? Au lieu
D'écume — du coton. Moi au milieu
Des douze coups : pourquoi ? Que dois-je faire
Portant cette rime : Rainer — en terre,
En plein bruit de Nouvel An ? Et si toi,
Si pareil œil s'est éteint — c'est que la
Vie n'est pas la vie, la mort — pas la mort.
C'est que tout se brouille : tout au bout, lors
De notre rencontre — je comprendrai.
Il n'y a ni la vie, ni la mort — mais
Un troisième état, nouveau. C'est à lui —
(Vingt-six s'éloignant, la paille du lit
De l'an vingt-sept placée, — félicité
Par toi de finir et de commencer !)
— Que je trinquerai avec toi à table,
(Pour le regard cette table incernable)
Mon verre d'un choc muet choquerai
Contre ton verre. Pas comme au troquet,
Pas comme eux : *moi* contre *toi* fusionnant
Dans le don de cette rime disant :
Troisième.
Au bout de la table j'observe
Ta croix. Que de lieux en banlieue, — de verstes !

Et le buisson, à qui fait-il donc signe
Sinon à nous ? De lieux — non d'autrui : si
Nôtres ! Tout le feuillage ! Tout le bois !
Tes lieux avec moi (les tiens avec toi).
(Qu'un meeting puisse être un lieu pour nous deux —
Le dire ?) Autant qu'ils sont : tous nôtres ! Eux,
Les mois : nôtres ! Les semaines : tout comme !
Et les faubourgs sous la pluie sans personne !
Et les matins donc ! Et tout ce domaine
Inentrepris par les rossignols même !

C'est vrai que je vois mal — dans un caveau,
C'est vrai que tu vois mieux — puisque d'en haut.
Entre nous rien n'a été accompli.
C'est à ce point simple et net : pas un pli —
Rien, c'est à ce point à notre portée
Qu'il est inutile d'énumérer.
Rien, sinon — ne t'attends pas à du hors
Ligne (qui sort de la mesure a tort !)
— Être dedans la ligne, mais laquelle,
Comment entrer ?
Refrain sempiternel :
Rien, de quelque chose — rien, nul témoin,
Serait-ce même de loin — l'ombre au moins
De l'ombre ! Rien, ni cette heure-là, ni
Ce jour-là, cette maison-là : déni !
Le condamné dans son carcan, lui l'a
— Don du souvenir — : cette bouche-là.
Les moyens nous étaient trop peu confus ?
De tout *ce-là*, seul ce monde-là fut

Nôtre, et nous-mêmes ne sommes que l'ombre
De nous, — tout notre ici : tout *l'autre* monde !

Bon confin nouveau — des moins bâtissables !
Bon nouveau lieu, Rainer, — monde, Rainer !
Bon cap à l'extrême du démontrable —
Nouvel œil, Rainer, — oreille, Rainer !

Tout : l'ami, la passion
Étaient pour toi accroc.
Écho, bon nouveau son !
Son, bon nouvel écho !

Combien de fois sur le banc de l'école :
Quels sont ces fleuves, lacs, montagnes, cols ?
C'est bien — les paysages sans touristes ?
J'avais raison, Rainer, c'est donc un site
Montagneux, orageux — le paradis ?
Pas celui que les veuves revendiquent —
Car il n'y en a pas qu'un, car un autre
Est au-dessus ? Ses terrasses sont hautes ?
Le paradis — jugeant par les Tatras —
Ne saurait être qu'un amphithéâtre.
(Et au-dessus de l'un — le rideau bas
Baissé...) Rainer, Dieu est un baobab
Grandissant — j'avais raison ? Non pas Louis-
Soleil-d'Or, car trône au-dessus de lui
Un autre Dieu ? Il n'y a pas que lui ?

Au lieu nouveau, comment ça va — écrire ?
D'ailleurs, *est* — toi, *est* le vers : le vers tire

De toi son être ! En cet heureux séjour
Comment va — écrire ? Sans table pour
Le coude ? Ça va — sans front pour la plume
(La paume)
— Un mot codé de ta coutume !

Rainer, des rimes nouvelles — content ?
En effet, comprendre correctement
Le terme *rime* — qu'est-ce d'autre hors
Plein de rimes nouvelles — la Mort ?

Car pas d'issue : la langue est épuisée.
Plein de consonances et signifiés
— Neuves ! Neufs !
— Au revoir ! À se connaître !
Nous verrons-nous ? Mais le chant de nos êtres :
Avec la terre où moi-même me noie —
Toute la mer, Rainer, et toute moi !

Ne nous quittons pas — griffonne avant l'heure.
Bonnes esquisses sonores, Rainer !

L'escalier du ciel : montée des honneurs
Sacrés... Bonne consécration, Rainer !

— Ma paume la tient : et si l'eau déborde ? !
Par-dessus le Rhône et dessus Rarogne,
Par-dessus l'absolu départ — je porte
À Rainer — Maria — Rilke — en mains propres.

Bellevue, 7 février 1927.

LE MAL DU PAYS

Mal du pays ! Tocard, ce mal
Démasqué il y a longtemps !
Il m'est parfaitement égal
Où me trouver parfaitement

Seule, sur quels pavés je traîne,
Cabas au bras jusque chez moi,
Vers la maison, — plutôt caserne ! —
Qui ne sait pas qu'elle est à moi.

Il m'est égal à qui paraître
Lion en cage, — devant quels gens,
Et de quel milieu humain être
Expulsée — immanquablement —

En moi-même, dans l'isoloir
Du cœur. Mal vivre — qu'importe *où*,
Où — m'avilir, moi, ours polaire
Sans sa banquise, je m'en fous !

Même ma langue maternelle
Aux sons lactés — je m'en défie.
Il m'est indifférent en quelle
Langue être incomprise et de qui !

(Du lecteur, du glouton de tonnes
De presse, — abreuvoir de potins...)
Vingtième siècle, c'est ton homme !
Avant tout siècle — moi, je vins !

Bûche abandonnée sur les dalles
D'une allée, durcie de partout,
Tout m'est égal, les gens se valent,
Et peut-être par-dessus tout —

Égal : ce qui fut le plus cher.
De moi ont disparu d'un coup
Tous signes, dates et repères :
Une âme née on ne sait où.

Mon pays a si peu pris garde
À moi que le plus fin limier,
Sur mon âme — de long en large,
Ne verra rien de familier !

Temple ou maison : vide, personne...
Tout m'est égal, rien à parier.
Mais si sur le chemin buissonne
Un arbre, et si c'est — un sorbier...

1934.

LES LECTEURS DE LA PRESSE

Ça serpente sous terre,
Transporte, ventre à terre.
Les gens, pas un sur terre
— Sans sa presse, sur terre
(— Sans sa peste !) quel tic
Rongeur de paperasse.
Les mâcheurs de mastic,
Les lecteurs de la presse.

Qui lit ? Athlète, hôtesse,
Vieillard ? — Ni traits, ni âge,
Tête. Squelette, ou qu'est-ce ?
Nul visage : une page

Dont tout Paris s'habille
Du crâne au nombril. Cesse —
Il va te naître, fille,
Un lecteur de la presse !

Zig — « vit avec sa sœur » —
Zag — « a tué son fils ! » —
Zigzaguant dans le leurre,
En zigzags ils finissent.

Que peut leur importer
Qu'aurore ou nuit paraisse ?
Gloutons de vacuités,
Les lecteurs de la presse !

Presse — autant dire : arnaque !
— Autant dire : faussaires !
Le moindre article : attaques !
Moindre titre : pervers !

Au Jugement quel truc
Finalement vous reste ?
Arracheurs de minutes,
Vous, lecteurs de la presse !

— Parti ! Perdu ! Sans trace !
Vieille terreur des mères.
Non, mères ! Berthold Schwartz
Tue moins que Gutenberg !

Crypte ! Plutôt ta route ! —
Qu'au lazaret qu'infestent
Tous ces gratteurs de croûtes,
Ces lecteurs de la presse !

Qui pourrit nos enfants
Au fort de leur jeunesse ?
Vous : mélangeurs de sangs,
Écriveurs de la presse !

Amis, voilà, — et tant
Sont mous les mots sus-dits ! —
Ce que je pense quand,
Munie d'un manuscrit,

Je suis face au visage —
Lieu vide où rien ne reste —
C'est donc — au *non-visage*
D'un rédacteur de presse —

tigieuse ordure.

Vanves,
1er-15 novembre 1935.

MARS

Ô pleurs d'amour, fureur !
D'eux-mêmes — jaillissant !
Ô la Bohême en pleurs !
En Espagne : le sang !

Noir, ô mont qui étend
Son ombre au monde entier !
Au Créateur : grand temps
De rendre mon billet.

Refus d'être. De suivre.
Asile des non-gens :
Je refuse d'y vivre.
Avec les loups régents

Des rues — hurler : refuse.
Quant aux requins des plaines —
Non ! — Glisser : je refuse —
Le long des dos en chaîne.

Oreilles obstruées,
Et mes yeux voient confus.
À ton monde insensé
Je ne dis que : refus.

15 mars-
11 mai 1939.

POSTFACE

LA POÉTIQUE DE LA VIE CHEZ MARINA TSVÉTAÏÉVA

1. À CONTRE-COURANT

Fière de ses origines nobles, Marina Tsvétaïéva se réclame de sa grand-mère polonaise :

Grand-mère ! Et le cruel tumulte
De mon cœur, il vient de vous, non ?

Homonymie oblige, Marina Tsvétaïéva déclare appartenir à la lignée de Marina Mnichek, femme polonaise du faux Dimitri, aristocratique amazone à qui l'amour est fade s'il n'est grandi de gloire guerrière :

C'est notre orgueil à nous deux.
Polonaises, à nous autres.
Marina...

Tsvétaïéva se voit comme une réincarnation de la Polonaise dont la tradition populaire russe a fait une sorcière et une hérétique.

Donc, revendication simultanée de sang noble et d'hérésie, qui vouent le poète à la solitude hautaine du loup, du voleur, de l'empereur : « Je suis une source inépuisable d'hérésies. N'en *connaissant* aucune, je les confesse toutes. Peut-être même que je les crée. »

Un tempérament frondeur dès l'enfance (« J'ai trop aimé

aimé/Rire rire quand il ne fallait pas »), un refus altier et permanent comme mode d'affirmation de soi ont placé Tsvétaïéva dans toutes les oppositions possibles.

Contre la révolution d'Octobre

Marina Tsvétaïéva était plutôt prédisposée à accueillir favorablement la révolution d'Octobre. Elle a dix ans quand sa famille part pour l'Italie (décembre 1902) afin que Maria Mein se soigne de la tuberculose, et s'établit à Nervi dans une pension russe au bord de la mer.

Dans cette même pension séjourne un groupe d'anarchistes russes, dont le leader, Léon Kobylianski, surnommé « le Tigre » par Marina et sa sœur Anastassia, exerce une fascination sur les deux filles. Dans ses Mémoires, Anastassia raconte que Marina participait en adulte aux discussions politiques, à tel point qu'« Ils [les anarchistes] triomphent et sont fiers que Marina leur appartienne déjà ».

Sous leur influence, elle écrit alors des poèmes contre le tsar, prône l'athéisme, chante avec eux des chants révolutionnaires que sa mère accompagne à la guitare.

Plus tard, rentrant en Russie, la famille s'arrête à Yalta en septembre 1905. Quand éclatent la révolte du Potemkine et les grèves générales, Marina se sent de cœur avec les révolutionnaires, ressent l'exécution du lieutenant Schmidt (mars 1906) comme une blessure personnelle ; les pogromes d'Odessa la bouleversent.

Malgré ses vives sympathies pour les révolutionnaires et la forte emprise des images de son enfance, Marina Tsvétaïéva abordera la révolution d'Octobre d'une humeur toute différente.

Une autre rencontre, qui devait déterminer toute sa vie, celle de son mari Sergueï Efron, peut expliquer ce non-lieu provocateur. Conte de fées que cette rencontre à Koktebel (ville de la mer Noire qui était alors une sorte de Cannes des Lettres), au printemps 1911, chez le poète Max Volochine (salon littéraire où se rencontraient des poètes, des écrivains et des artistes des deux capitales). Se promenant sur la plage à la recherche de cailloux rares, soudain Marina aperçoit sur un banc, seul face à la mer, un jeune homme triste et beau. Envoûtée par ses immenses yeux gris couleur de mer, elle fait le serment de l'épouser s'il lui trouve sa pierre préférée. Ce qui fut fait.

Marina Tsvétaïéva se marie avec Sergueï Efron en janvier 1912, bien que son père (fondateur du musée des Beaux-Arts à Moscou, l'actuel musée Pouchkine) trouve sa fille trop jeune et ne soit pas libéré des préjugés d'un antisémitisme héréditaire.

En 1938, traçant rapidement sa *Biographie*, Tsvétaïéva rendra compte rétrospectivement de cette alliance magique. « Je décide que jamais, quoi qu'il arrive, je ne me séparerai de lui, et je l'épouse. » Événement poétique, ce mariage est peut-être la seule parmi les innombrables mythifications de Tsvétaïéva à connaître une inscription dans le réel. Avec la rigidité tragique qu'un tel acte est susceptible d'entraîner.

Quand éclate la Première Guerre mondiale, Sergueï Efron part pour le front comme infirmier. En 1917, ce jeune homme aux yeux rêveurs s'engage dans l'Armée blanche (il combat dans l'Armée des volontaires du Don).

Du même mouvement, avec la même impétuosité fatale, Tsvétaïéva épouse la cause de la contre-révolution (pour elle, être révolutionnaire, c'est être contre les Rouges : elle n'aurait pas été contre eux si elle n'avait pas été assurée de leur victoire !).

Restée à Moscou, sans nouvelles de son mari, elle écrit son *Camp des cygnes*, un recueil de poèmes à la gloire de l'Armée blanche (« Gardes Blancs/Nœud gordien du haut fait russe »), où la Révolution est perçue à travers le prisme de sa mythologie personnelle : elle prend Kerensky pour Napoléon (l'idole de sa jeunesse), valorise l'héroïsme des perdants et les sentiments de loyauté à l'égard de la famille impériale :

Sang et sueur — c'est aussi simple :
Le tsar — au peuple, au tsar — le peuple.

C'est clair comme un secret d'amis :
Sont deux, le troisième est l'Esprit.

Le trône est au tsar don d'Azur :
Neige et sommeil — c'est aussi pur.

Le tsar trônera, viendra l'heure —
Sacré, comme sang et sueur.

Lors d'une soirée des poétesses, présidée par Brioussov, en 1921, Tsvétaïéva déclame *Le Camp des cygnes* dans le but, dit-elle, de « remplir un devoir d'honneur ici à Moscou en 1921 ». Ilya Ehrenbourg, qui se trouvait sans doute à cette soirée, en témoigne ainsi : « Elle aime ce qu'on ne doit pas faire. À présent, les armoiries sont interdites et elle les célèbre avec un pathos touchant, avec une audace digne de tous les grands hérétiques, rêveurs et rebelles... »

Le goût du blasphème la conduit dans un des poèmes du *Camp des cygnes* (premier anniversaire d'Octobre) à demander grâce pour Stenka Razine, l'ancêtre des Gardes rouges :

Tsar et Dieu ! D'un supplice cruel
Ne suppliciez pas Stenka Razine !
[...]
Tsar et Dieu ! Pour l'amour de la fête,
Relâchez Stenka Razine !

Si Stenka Razine représente le père des révoltes populaires, il est aussi le héros de la « force élémentaire », de la subversion : et là n'est pas une des moindres contradictions de Tsvétaïéva, qui n'hésite pas à demander au pouvoir légitime (*Tsar et Dieu !*) de gracier l'émeute (*Relâchez Stenka Razine !*).

Que Stenka Razine ait été l'une des figures mythiques de Maïakovski (qui dans un geste anarchiste écrit : « *Je barbouillerai les Saintes Images/et sur la face de Dieu, on verra/la trogne de Stenka Razine* ») dénote la parenté profonde qui unissait les deux poètes par-delà les divergences idéologiques. Tout en rêvant du passé aristocratique, Tsvétaïéva n'a pas échappé à ce lieu commun de la sensibilité de l'époque : la fascination devant le déchaînement de la révolution qui est perçue comme une force élémentaire, une sorte de jaillissement géologique. Ce tourbillon révolutionnaire salué par Blok, entre autres, dans *Les Douze*, Tsvétaïéva le condamne, en même temps qu'elle l'exalte à sa façon : « Razine, je ne suis même pas russe, je suis *pré*-russe, *pré*-tatare, moi — la Russie prétemporelle, je viens à ta rencontre ! » Donc, fusion de son lyrisme effréné et de l'éternelle épopée russe, plutôt que pensée politique de l'histoire (cf. Khlebnikov).

Alors que le recueil était prêt pour l'été 1923, *Le Camp des cygnes* n'a été édité pour la première fois qu'en 1957. On sait qu'Ehrenbourg, au cours d'une longue discussion nocturne à Berlin en 1922, réussit à dissuader Tsvétaïéva de le publier. Elle résista même aux offres de publication durant les dix-sept ans qu'elle passa dans l'émigration : l'attitude du héros et destinataire du livre, son mari Sergueï Efron, qui avait rapidement pris ses distances avec son engagement de « Volontaire », explique certainement la perplexité de Tsvétaïéva devant cette œuvre. Très vite après s'être retrouvés à Berlin, elle et son mari eurent des opinions divergentes, selon le témoignage de leur fille Ariadna Efron (*Pages de souvenirs*) : « Je me souviens d'une conversation entre mes parents, peu après que ma mère et moi fûmes arrivées à l'étranger : ... "Et malgré tout, ce n'était rien de tout ça, Marina", dit mon père, ses yeux immenses en proie à un grand tourment, après avoir écouté plusieurs poèmes du *Camp des cygnes*. — "De quoi s'agissait-il au juste ? — C'était une guerre fratricide et suicidaire que nous faisions sans le soutien du peuple au nom duquel nous croyions nous battre. Non pas 'nous', mais les meilleurs d'entre nous. Les autres ne se battaient que pour enlever et reprendre au peuple ce que les bolcheviks lui avaient donné — un point c'est tout. On se battait pour 'la foi, le tsar et la patrie', et c'est en leur nom qu'on fusillait, qu'on pendait, qu'on pillait." »

Malgré le désarroi qu'auront pu susciter en elle ces propos de Sergueï Efron, Tsvétaïéva restera obstinément fidèle à ce choix initial (elle écrit en 1928 le poème *Pérékop* sur la fin de la famille impériale qu'elle dédie à « [mon] cher et éternel Volontaire »), de la même façon qu'elle considérera jusqu'à la fin de sa vie son mariage comme un engagement sacré.

Paradoxe supplémentaire, informée dès son enfance des monstruosités de l'antisémitisme, Tsvétaïéva, qui fait des Juifs le symbole de la détresse et de l'héroïsme, n'en clame pas moins la grandeur du tsar tout en connaissant la responsabilité historique du tsarisme vis-à-vis des pogromes. De même voyait-elle une cohérence dans le fait que la personne de son mari alliât le sang des réprouvés et l'esprit contre-révolutionnaire : la sombre beauté de son physique, la tragédie du destin juif dans le regard, le combat noble et désespéré du Volontaire du Don — tout cela formait pour elle comme une entité esthétique au mépris des contradictions idéologiques et de la révolution, vue comme épopée sociale.

Écartèlement de la famille et mort d'Irina

En novembre 1917, le pays est coupé en deux, entre le Nord et le Sud, les Rouges et les Blancs. Cette ligne de démarcation passe aussi à l'intérieur de la famille Efron, après que Sergueï Efron, qui sort de l'Académie Alexandre des officiers, est parti rejoindre Wrangel. Marina Tsvétaïéva se retrouve seule à Moscou avec ses deux filles (Ariadna, dite Alia, âgée de cinq ans, et Irina, née en avril 1917) ; elle restera sans nouvelles de son mari pendant près de quatre ans. En juillet 1921 seulement, une lettre d'Ehrenbourg à Pasternak lui apprendra que Sergueï Efron se trouve à Prague, sain et sauf. La famille sera réunie à Berlin en mai 1922.

Le heurt de Tsvétaïéva et de la Révolution se fait donc de manière très personnelle, puisqu'elle ignorera tout durant quatre ans du devenir de son mari. Une autre tragédie : la mort de sa seconde fille Irina à l'âge de deux ans et demi (le 20 février

1920) — mort qui peut être imputée au dénuement des années de la Révolution et à la solitude de Tsvétaïéva — est décisive pour comprendre son rapport à la Révolution et son départ pour l'étranger.

En effet, Irina est morte de faim dans une maison d'enfants à Kountsevo, près de Moscou. Tsvétaïéva avait dû y placer ses deux filles durant la famine de l'hiver 1919-1920. Il n'y avait pas de liaison postale entre Kountsevo et Moscou, et quand Tsvétaïéva rendit à ses filles sa première visite, l'aînée Ariadna était très malade (typhus), alors que la cadette se portait relativement bien.

Tsvétaïéva emmena Ariadna avec elle et réussit à la sauver. Quand elle retourna plus tard à Kountsevo (son travail et les soins nécessaires à sa fille la retenaient à Moscou), la plus jeune, Irina, avait déjà été enterrée.

Ariadna en témoigne :

... *Quand j'eus environ douze ans, je compris que maman ne pouvait alors nourrir, habiller et sauver qu'un seul enfant, mais pas deux. Et elle dut faire ce choix effrayant. Bien sûr, je me suis reproché par la suite la mort d'Irina.*

Peu après, on commença à distribuer de très bonnes cartes de rationnement. Si cela était arrivé un tout petit peu plus tôt, Irina aurait été sauvée. [...]

Je pense que, sans la mort d'Irina, maman aurait réfléchi avant de partir.

Le 26 août 1918, Tsvétaïéva avait écrit deux petits poèmes en l'honneur de « bébé Irina » (qui font partie du *Camp des cygnes*), lui promettant un avenir « noble et divin » malgré l'agitation « rouge » autour de son berceau.

Tsvétaïéva évoquera peu cette mort. Dans une lettre à sa sœur Anastassia (17 décembre 1920) : « Irina est morte cette année en février — de faim — dans un asile, près de Moscou. Alia était gravement malade, mais je l'ai sauvée. [...] Irina avait presque trois ans — elle ne parlait presque pas, elle faisait une impression pénible, elle se balançait et chantait sans arrêt. Elle avait une oreille et une voix étonnantes. — Si on retrouve la trace de S. [Sergueï Efron] — écris : que c'est d'une congestion pulmonaire. »

Une allusion encore dans une lettre du 10 mai 1925 à Olga Tchernova, après la naissance de son fils. Son fils à trois mois pesait sept kilos — constatation qui est suivie de cette parenthèse : « (le poids d'Irina à un an, mais c'était un squelette en 1918 !) »

Un poème unique y fait écho. Il n'y aurait pas lieu de s'en étonner si son œuvre n'était cette formulation systématique et puissante, d'allure volontariste, de tous les drames émotionnels de sa vie, ce désir de se donner à connaître. Ce relatif silence peut indiquer que la culpabilité maternelle (surtout quand on sait la place de l'enfance dans l'imaginaire de Tsvétaïéva) a interdit l'accès à l'expression autant que la volonté du poète de passer outre à toute tragédie quelle qu'elle soit (des contemporains lui reprochent son inhumanité) pour accomplir son œuvre : dans les mois qui suivirent la mort d'Irina, Tsvétaïéva a été en mesure d'écrire des poèmes aussi vigoureux que *La Psyché* (mars 1920), dédié à la femme de Pouchkine (« Punch et nuit blanche. Punch et Pouchkine »).

Si, comme le dit Ariadna, la mort d'Irina a beaucoup pesé sur la décision de quitter le pays, le rapport de Tsvétaïéva à la Révolution relève néanmoins davantage du sarcasme que d'une haine vraiment politique.

En témoignent les journaux intimes et notes prises au cours des moments révolutionnaires : *Octobre dans un wagon*, *Libre passage*, les extraits de son livre *Indices terrestres*. La première prose de Tsvétaïéva — récit télégraphique des événements révolutionnaires (bribes de conversation saisies au vol, détails de la vie quotidienne) — évoque le style aphoristique d'un Rozanov et la prédilection de Chklovski et des théoriciens du LEF pour la non-fiction, pour la « littérature du fait ».

L'un d'eux, *Mes emplois*, qui est un document vivant sur l'année 1919, rend compte de la confrontation concrète de Tsvétaïéva et du nouveau régime : elle occupe du 11 novembre 1918 au 25 avril 1919 au Narkomnats (commissariat du peuple aux Nationalités) un poste modeste de fonctionnaire, qu'elle avait dû accepter pour survivre.

Cette place lui avait d'ailleurs été procurée par un communiste influent, récemment établi au Narkomnats. Ce qui fera dire à Tsvétaïéva : « Non, la main sur le cœur, j'affirme que je n'ai pas vu personnellement jusqu'à ce jour de méchanceté chez les communistes (peut-être n'en ai-je pas vu de méchants !). Et ce n'est pas eux que je hais, mais le communisme. »

Ce journal commence par un dialogue avec cet homme qui lui propose un emploi, dans lequel l'échange des propos est donné dans une mise en scène ironique (*Moi... Lui...*) :

Lui, *piqué au vif — Ne vous inquiétez pas ! Personne ne vous obligera à fusiller des gens. Vous n'aurez qu'à recopier.*

Moi — *Recopier les fusillés ?*

Lui, *agacé — Mais vous ne voulez pas comprendre ! Comme si je vous proposais de travailler à la Tchéka. Là on n'a pas besoin de gens comme vous...*

Moi — *Ils sont nuisibles.*

Lui — *C'est la* maison *de la Tchéka ; la Tchéka, elle, est partie. Vous connaissez certainement, à l'angle de la rue Povarskaïa et de la rue Kondrinskaïa, chez Tolstoï déjà c'était (claquement de doigts)... la maison...*

Moi — *La maison des Rostov ? D'accord. Et comment s'appelle l'établissement ?*

Lui — *Le Narkomnats, commissariat du peuple aux Nationalités.*

Moi — *Quelles nationalités au juste, en pleine Internationale ? [...]*

Moi — *Attendez, mais ce n'est pas une chose d'une certaine façon dirigée contre les Blancs ? Vous comprenez...*

Lui — *Non, non, c'est purement mécanique. Seulement je dois vous prévenir, on n'y reçoit pas de rations alimentaires.*

Tant sa tâche (Tsvétaïéva devait découper des articles de journaux sur les événements de la guerre civile et les coller sur de grandes feuilles) que ses collègues et l'esprit dans lequel ils travaillent font l'objet d'une description grotesque : oisiveté caricaturale des fonctionnaires, leur inculture (les fautes de langue qu'elle relève dans la presse), leur préoccupation centrale qui est de se procurer au mieux des produits alimentaires (elle énumère le prix des denrées en regard des salaires).

Ce récit fragmentaire et sarcastique (qui encore une fois évoque cette prose courte, factographique, à la Zochtchenko) dénote l'humeur frondeuse de Tsvétaïéva à l'égard du nouveau régime, mais trahit aussi son énergie rieuse au milieu d'une adversité qui est à sa mesure :

La différence entre l'ancien et le nouveau régime :

Ancien régime : — Mais nous, nous avions un soldat... Mais nous, nous avions des blinis... De notre temps, notre grand-mère est morte.

Les soldats arrivent, les grand-mères meurent, seulement voilà : on ne fait pas de blinis.

Tsvétaïéva n'a rien d'une victime chétive de la malédiction du sort. Elle espère la fin de ce régime qui, selon elle, honore si peu la culture, mais elle mord, elle nargue plutôt qu'elle ne pleure ; le bouleversement social l'atteint dans le substrat de cette écriture chaotique passionnée par le fait brut.

Pure cocasserie que le portrait de son chef de bureau. « Mon chef est espérantiste (c'est-à-dire communiste par Philologie). [...] Il est châtain clair. Il a quelque chose à côté du nez et du menton. Il a le visage enflé, mal réveillé. Je crois qu'il boit. Il écrit dans une langue nouvelle — dans l'attente de l'espéranto universel. Il n'a pas de convictions politiques. Ici, où tout le monde est communiste, c'est une bénédiction. Il ne distingue pas un Rouge d'un Blanc. Il ne distingue pas sa droite de sa gauche. Il ne distingue pas les hommes des femmes. C'est pourquoi sa camaraderie est parfaitement sincère, et je la lui rends bien volontiers. »

Le 25 avril 1919, Tsvétaïéva résilie son contrat, ne se sentant pas capable de mener à bien un schéma de classification. « J'ai travaillé cinq mois et demi, encore deux semaines et j'aurai des vacances payées. Mais je ne peux pas. »

Le jour suivant, le 26 avril 1919, elle se présente à la cartothèque de « Monplanbej ». Il s'agissait de classer des fiches par ordre alphabétique à un rythme imposé. Elle n'y passe qu'une journée. Le soir même, elle écrit : « Je viens de rentrer et j'en fais le serment absolu : je n'accepterai plus d'emploi. Jamais. Plutôt mourir. [...] Ce n'est pas moi qui suis partie de la cartothèque : ce sont mes jambes qui m'ont enlevée ! L'âme — les jambes : c'est en deçà des arrêts de la conscience. C'est ça, l'instinct. »

Cet échec est autant une mise en accusation des temps nouveaux, de cette inertie spécifique, cette sorte de vide social du fonctionnariat que la prise de conscience pour Tsvétaïéva qu'elle ne peut se plier à aucun rythme collectif. Très tôt donc elle fait ce choix romantique : se consacrer entièrement à son œuvre, quel que soit le degré d'indigence de sa vie quotidienne. Choix romantique parce qu'absolu d'une part, parce que d'autre part il implique nécessairement l'idée que la société est redevable aux créateurs. Cette idée du XIXe siècle, Tsvétaïéva la réalise dans sa vie, d'où la tragédie de la misère et son sentiment d'être bafouée dans ses droits élémentaires en un monde et à une époque où les artistes commencent à recevoir un statut social (exemple : l'Union des écrivains) et en même temps peuvent être broyés comme individus si leur œuvre met en cause le collectif.

Anachronique et magnifique Tsvétaïéva qui clôt l'épilogue de *Mes emplois* par ces mots (on lui proposait soixante roubles pour la lecture publique qu'elle avait faite de sa pièce *Fortuna*) : « J'ai décidé de les refuser publiquement dans les termes suivants : "Les soixante roubles, gardez-les-vous pour acheter trois livres de pommes de terre (peut-être en trouverez-vous encore à vingt roubles) — ou trois livres de framboises — ou six boîtes d'allumettes, et moi j'irai avec *mes* soixante roubles à moi brûler un cierge à l'église Iverskaïa pour qu'on en finisse avec ce régime qui sait si bien apprécier le travail." »

Pourtant on ne peut sérieusement exagérer la portée politique de ce heurt frontal avec la Révolution. Dans ses Mémoires (*La Vie et les hommes*), Ehrenbourg dit : « Pour ce qu'on appelle habituellement la politique, Tsvétaïéva était naïve, entêtée, sincère. »

C'est à cette naïveté qu'on doit ses étonnantes contradictions. Ehrenbourg note qu'en 1922 Tsvétaïéva voulut traduire en français pour une revue qu'il dirigeait avec le peintre Lissitsky un poème de Maïakovski, *Écoutez, canailles !* C'est grâce à Tsvétaïéva que la voix de Maïakovski retentit pour la première fois en français, avec une force que seule explique leur profonde parenté poétique.

En même temps, Tsvétaïéva refusait de s'adapter au nouveau calendrier et conservait les habitudes orthographiques d'avant la Révolution. Sa nostalgie d'un passé aristocratique ne se limitait pas à ces formes, elle pouvait devenir provocation militante : ainsi, après sa lecture publique de sa pièce *Fortuna* en présence de Lounatcharski (pièce au centre de laquelle se trouve un long monologue de Lauzun qui trace un parallèle entre les événements de la Révolution française et ceux de la récente Révolution russe, où est évoquée la mise à mort de nobles libéraux par la Révolution qu'ils avaient contribué à installer), Tsvétaïéva s'exclame, toujours dans *Mes emplois* : « Le monologue d'un noble à la face d'un commissaire du peuple : ça, c'est la vie ! »

Plutôt que l'acte politique, c'est le geste audacieux de la rebelle qui meut Tsvétaïéva, le courage fait poésie. Son opposition à la Révolution n'a rien de commun avec celle des petits-bourgeois effrayés et, si elle fait de la contre-révolution blanche une « Vendée romantique », ce n'est pas au nom d'une richesse et d'un confort qu'elle hait, mais du hasard qui a fait de son mari un officier de l'Armée blanche, ceci joint à l'idée qu'elle se forme de la fidélité à l'honneur, de la dignité — pour elle valeurs universelles de culture et d'esprit. Malgré les incidences inévitables des attitudes de Tsvétaïéva sur la scène politique, cette opposition diamétrale n'est que l'apparence d'un conflit plus profond : le malentendu d'un poète inadapté à la perception des signes idéologiques.

Ce type de rébellion contre le courant dominant avait eu des précédents étonnants.

Tsvétaïéva et l'Allemagne

Quand éclate la Première Guerre mondiale et que le monde entier se dresse contre l'Allemagne, Tsvétaïéva clame son amour pour le pays de ses poètes préférés — l'Allemagne — et pour sa langue qu'elle considère comme la plus proche de la « langue maternelle du poète ».

L'Allemagne n'est pas pour elle une réalité politique temporelle, mais quelque chose comme « l'élément-musique », « l'élément-poésie ». « Il existe un pays — la musique, les Allemands en sont les habitants. »

En même temps Tsvétaïéva ne se tient pas à l'écart du jeu politique, elle ne s'abstient pas, elle fait entendre sa voix dans une provocation sublime et dérisoire :

Traquée, au monde entier livrée,
Tu as des ennemis sans nombre.
Comment moi, *je te trahirais,*
T'abandonnerais quand tu sombres ?

Et où prendrais-je cette science :
« Œil pour œil — va, saigne à ton tour ? »
Ô Allemagne, ma démence !
Ô Allemagne, mon amour !

Tsvétaïéva commente : « Ces vers à l'Allemagne sont ma première réponse à la guerre. »

Le même défi est lancé dans ses fragments de 1919 rassemblés sous le titre *De l'Allemagne*. Elle imagine le dialogue suivant :

— *Qu'est-ce qui vous fait aimer l'Allemagne ?*
— Goethe et le Rhin.
— *Et l'Allemagne actuelle, l'aimez-vous ?*
— Passionnément.
— *Comment, sans égard à...*
— Non seulement sans égard à — sans regard pour.
— *Vous êtes aveugle ?*
— Je vois très bien.
— *Vous êtes sourde ?*
— Mon oreille est absolue.
— *Que voyez-vous donc ?*
— Le front de Goethe au-dessus des millénaires.
— *Qu'entendez-vous donc ?*
— Le grondement du Rhin à travers les millénaires.
— *Mais vous parlez du passé !*
— De l'avenir !

Le malentendu vient de là : Tsvétaïéva semble prendre résolument parti dans un conflit politique, alors que sa position n'est que le reflet d'une attitude affective personnelle. Son amour pour l'Allemagne est du même ressort que son amour pour sa mère. « De ma mère j'ai hérité la Musique, le Romantisme et l'Allemagne. Ou simplement — la Musique. Toute moi. »

Dans une lettre à Rozanov, elle dit de sa mère : « L'esprit de toute son éducation est germanique. L'enivrement pour la musique, un immense talent [...]. Maman, c'était la musique, les vers, la mélancolie. »

L'importance de sa propre enfance en général (l'année scolaire 1904-1905 passée dans la Forêt-Noire à Fribourg-en-Brisgau), l'identification constante avec sa mère, qu'elle présente comme blessée à vie par une nostalgie fondamentale, comme à jamais inconsolée, et enfin une démarche syncrétique propre à Tsvétaïéva permettent de mettre en équation l'Allemagne — sa mère — la musique — l'art du romantisme allemand. Tout ceci est pour elle indissociable. Sans compter l'élection d'un pays étranger comme la réalisation concrète en un lieu lointain de tout ce qu'on aime, de tout ce qui manque. Rilke a rêvé de la Russie comme Tsvétaïéva de l'Allemagne.

Curieusement, Tsvétaïéva vide le conflit international de son contenu politique tout en conservant des termes du vocabulaire politique, ce qui entretient une confusion pour qui la prendrait au pied de la lettre : « Pour ce qui est de la guerre, eh bien ! voilà : non pas Alexandre Blok contre Rainer Maria Rilke, mais une mitrailleuse contre une mitrailleuse. [...] Si Blok était tué, je pleurerais Blok (la meilleure Russie), si Rilke était tué, je pleurerais Rilke, la meilleure Allemagne, et aucune victoire, que ce soit la nôtre ou la leur, ne me consolerait. » Il apparaît ici à quel point pour Tsvétaïéva un pays peut être assimilé à une personnalité lyrique originale.

C'est un apolitisme provocateur qui se dissimule derrière ses déclarations pseudo-politiques : « La passion pour chaque pays comme s'il était l'unique — voilà mon Internationale — pas la troisième, mais l'éternelle. »

Son revirement vis-à-vis de l'Allemagne hitlérienne quand ses troupes occuperont la Tchécoslovaquie n'en est qu'un des aspects. Retournement radical dont Tsvétaïéva n'éprouve pas le besoin de s'expliquer : il est de l'ordre du dépit amoureux, de la déception morale. Un autre amour est intervenu entre-temps — amour pour un autre pays — la Tchécoslovaquie où elle a été accueillie durant trois ans, où elle a connu un amour fou, où son fils est né. (« Ces montagnes sont la patrie de mon fils. »)

Plus que l'affrontement international, c'est le conflit en elle-même de deux amours qui motive son cycle de poèmes (écrit en mars-avril 1939) dédié à la Tchécoslovaquie.

Ô fille au milieu des montagnes
Vertes, — la plus rouge qui soit !
Allemagne !
Allemagne !
Allemagne !
Honte à toi !

Tu as empoché, âme astrale,
La moitié de la carte !
Tu nous entichais de tes fables,
De tes tanks on s'écarte.
[...]
Ô manie ! Ô momie
Des grandeurs !
Tu brûleras,
Germanie !
On te honnit !
Ô folie,
C'est folie —
Que tu fais là !

Ses propres contradictions ne semblent guère embarrasser Tsvétaïéva, ou du moins n'entraînent pas le besoin d'une justification. Il semble que l'influence de son mari, conjuguée à son malaise croissant dans l'émigration et à l'entrée des troupes allemandes en Tchécoslovaquie, ait entraîné une évolution de sa sensibilité politique, un certain rapprochement avec l'URSS dans les années 1938-1939. « La Russie ne *laissera pas* dévorer la Tchécoslovaquie : souvenez-vous de mes paroles. [...] Lisez les journaux de gauche — actuellement les seuls justes. [...] Croyez en la Russie ! » (lettre à Anna Teskova du 5 août 1938). Plus que d'une réflexion véritablement politique, il s'agit de déplacement des passions, des points d'intensité qui s'expriment en termes poétiques : « Je le redis en bref : la Bohême est pour moi actuellement — entre tous les pays — le seul être humain. Tous les autres sont des loups et des renards ; quant à l'ours, malheureusement il est loin. Mais espérons, j'espère — fermement » (lettre à A. Teskova du 3 octobre 1938).

Si l'on veut apprécier d'un point de vue politique sa conduite et ses déclarations, Tsvétaïéva a été systématiquement contre le courant dominant. En même temps, le fait qu'elle n'ait jamais hésité à se contredire elle-même avec l'extrémisme qu'on lui connaît souligne plutôt son refus des catégories politiques en tant que telles. Tout événement est traduit par elle dans le langage d'une subjectivité poétique militante. Le hasard a voulu que son itinéraire personnel soit plus qu'un autre conditionné par les grands bouleversements du XXe siècle et que, dans son cas, l'incompréhension ou l'ignorance de ces bouleversements relève de la gageure, d'une cécité suicidaire.

Ce manque de discernement dont Tsvétaïéva n'essaie pas du tout de se protéger, qu'elle entretient, dirait-on, qui donne le ton de son défi général (« seule contre tous ») l'isolera tragiquement des Russes émigrés.

Tsvétaïéva et l'émigration

Coupée de sa langue et de sa culture, Tsvétaïéva n'en est pas moins contre ceux qui, en France, pourraient constituer pour elle une communauté : les émigrés russes. Elle n'hésite pas, dans une lettre à Anna Teskova, son amie tchèque, à traiter les écrivains de l'émigration de « pâles reliques », auxquelles elle oppose les vrais écrivains russes vivant pourtant en terre soviétique.

En 1933, quand le prix Nobel est décerné à Bounine, elle affirme qu'à son avis Gorki en aurait davantage été digne. « Gorki est une époque, Bounine — la fin d'une époque. Mais comme il s'agit de politique, que le roi de Suède ne peut *décorer* le communiste Gorki... » Plus qu'un hommage à Gorki, il s'agit là d'un refus d'amalgamer les réalités politiques et esthétiques, au nom d'une authenticité créatrice transcendant les frontières et les régimes.

Les écrivains de l'émigration lui rendent son mépris, ne la considèrent pas comme des leurs, et le plus souvent s'opposent à la publication des œuvres de Tsvétaïéva.

Ainsi, son petit article de 1931, où elle fait l'éloge de la nouvelle littérature enfantine en Russie, ne sera pas publié. Son enthousiasme sans frein éclate, sans l'autocensure qui l'aurait rendu peut-être acceptable.

On lit et on s'émerveille, puis : qui a écrit cela ? Personne. L'auteur est anonyme. Un nom qui ne dit rien. C'est la haute culture du vers qui parle. [...]

Pour la première fois depuis l'origine du monde, un pays s'adresse à l'enfant sérieusement. Sérieusement. À l'enfant d'âge préscolaire — six ans au plus.

En Angleterre, quand un enfant traverse la rue, tout le monde s'arrête. En Russie, l'enfant met tout en mouvement. « Sa Majesté l'Enfant » — c'est ce qu'a dit l'Europe et ce qu'a réalisé la Russie. [...]

Je terminerai en affirmant avec calme et satisfaction que le livre russe pour les enfants d'âge préscolaire est le meilleur du monde.

Tsvétaïéva s'indigne de ce refus de publication. « J'ai écrit pour rien. (N.B. À propos, dans mon article il n'y a pas une fois le mot "soviétique", tout le temps "russe", absolument rien de politique, — ce qui n'entrait pas dans mon propos). »

À défaut d'une sympathie qu'elle n'éprouvera jamais pour le régime soviétique, on peut noter chez elle à partir des années trente un intérêt grandissant pour son pays, une forme de patriotisme. La haine des critiques à son égard (on l'accuse d'écrire des poèmes de komsomol et de recevoir des subsides bolcheviques) se fonde peut-être autant sur ses prises de position littéraires que sur le fait que Tsvétaïéva est la femme de son mari.

En effet, dès son arrivée à Paris en 1925, Sergueï Efron anime la revue du mouvement eurasien (il voyait le salut de la Russie dans la sauvagerie des peuples asiatiques) qui publiait en dehors des auteurs émigrés les nouveaux écrivains soviétiques. En outre, il s'engage très vite dans un mouvement de retour sur le sol natal, et rétrospectivement on établira que Sergueï Efron a été un agent secret soviétique. Le travail littéraire de Tsvétaïéva pâtira de cette réputation de la famille.

Cependant, la seule originalité de son talent aurait sans doute suffi à lui aliéner les milieux de l'émigration russe.

En 1928, Tsvétaïéva écrit *Pérékop*, un long poème sur la fin de l'Armée blanche, plutôt fait pour complaire idéologiquement aux revues de l'émigration. Pour l'écrire, ce qu'elle déclare faire avec beaucoup d'amour et de ferveur, elle utilise le journal de guerre de son mari. Ce nouveau monument à l'Armée blanche n'est pourtant pas publié : « Personne n'en veut. Pour la droite c'est trop à gauche quant à la forme, pour la gauche c'est trop à droite quant au contenu. »

Tsvétaïéva ignore souverainement les clivages politiques et esthétiques de la scène publique, et rien ne lui est plus étranger que cette opposition de la forme et du contenu. L'apport de Pasternak, qu'elle considère comme le plus grand poète et le plus grand prosateur russe, est ainsi défini : « ... il n'a pas trouvé une nouvelle forme, mais un nouveau fond, par conséquent une nouvelle forme. » La création poétique est pour elle un tout organique, autonome par rapport au réel.

En refusant à la fois *Pérékop* et l'article sur la littérature enfantine en URSS, bien plus qu'un parti pris idéologique, les revues de l'émigration révèlent une inconsistance créatrice.

Un autre événement devait compromettre Tsvétaïéva à leurs yeux en 1928, événement qui entraînera l'interruption immédiate de la publication du *Camp des cygnes* dans *Les Dernières Nouvelles* : la venue de Maïakovski à Paris et l'hommage que lui rend la poétesse.

Elle en fait le récit dans le premier numéro du journal édité par son mari, *Eurasie* :

Le 28 avril 1922, la veille de mon départ de Russie, c'était le matin très tôt, j'ai rencontré Maïakovski rue Kouznetski Most, alors parfaitement vide.

— Eh bien, Maïakovski, que dois-je dire de votre part en Europe ?

— Que la vérité est ici.

Le 7 novembre 1928, tard dans la soirée, en quittant le café Voltaire, à la question : — Que retenez-vous de la Russie après la lecture des poèmes de Maïakovski ? — j'ai répondu : — Que la force est là-bas.

C'est en poète que Tsvétaïéva fait cette réponse, où résonne une apologie vitaliste de la force où qu'elle se trouve. Pourtant, cette reconnaissance de Maïakovski n'est pas reçue comme politiquement anodine, mais comme un défi lancé à l'émigration.

Si défi il y a, c'est plutôt celui d'un apolitisme militant dans un monde où les antagonismes politiques peuvent être meurtriers. « ... il est un ordre — avant-premier, *au-dessus de la mêlée* (en français dans le texte), — le mien. Je ne peux pas prendre au sérieux le visage qu'aura la carte demain, parce qu'il y a après-demain, qu'il y *a eu* aujourd'hui, et qu'un jour elle n'en aura plus du tout (de visage). [...] On me hait à Paris, à quelques rares exceptions personnelles près, on écrit toute sorte d'horreurs, on me néglige de toutes les manières, etc. Haine de la présence dans l'absence, car je ne vais *nulle part* dans les lieux publics, je ne fais écho *à rien en rien.* » Tsvétaïéva prenait les événements comme des contingences qui lui servaient de prétexte pour affirmer les lignes de force de son monde subjectif.

La Russie, comme tout autre pays et plus encore qu'un autre, est traduite selon un procédé de syncrétisme culturel dans une image globale essentialiste. Tsvétaïéva écrit à son amie tchèque : « Comme vous avez profondément raison d'aimer tant la Russie ! L'ancienne, la nouvelle, la rouge, la blanche, — toutes ! La Russie a tout intégré en elle-même, [...], c'est notre devoir, ou plutôt le devoir de notre amour — de l'intégrer *tout entière.* »

Il est impossible de trouver une cohérence politique chez Tsvétaïéva qui n'hésite pas à se contredire, à se désavouer sans embarras. Cette rébellion générale n'est pas le fait d'une militante convaincue de telle ou telle cause — ainsi qu'ont été inévitablement déchiffrées par ses contemporains ses prises de position en faveur des Blancs ou de tel aspect de la Russie soviétique —, mais le rejet provocateur d'un monde où la détermination politique écrase l'aventure individuelle.

Cette fronde systématique conduit Tsvétaïéva à définir sa situation en France dans ces termes tragiques : « Ici je suis *inutile.* Là-bas je suis *impossible.* »

2. EXILÉE DE PARTOUT

L'arrogance guerroyeuse avec laquelle Tsvétaïéva a marché contre le courant dominant s'accompagne d'un « esseulement » rigoureux, d'une exclusion subie, soufferte. Désamarrée de tout lieu géographique et humain, Tsvétaïéva s'est trouvée en tête à tête avec son œuvre au milieu d'une misère à la fois imposée par les circonstances et suscitée par les impératifs de l'ascèse créatrice. Dans ses Mémoires, Ilya Ehrenbourg en parle en ces termes : « J'ai rencontré des poètes dans ma vie et je sais combien est lourd le tribut que paie l'artiste pour sa passion de l'art ; mais il semble qu'il n'y ait pas dans mes souvenirs de figure plus tragique que celle de Marina. »

C'est d'abord la tragédie de dix-sept ans d'exil, assortie d'un dénuement matériel permanent, et l'isolement absolu d'un poète coupé de ses sources vives.

« En Russie, je suis un poète sans livres, ici — un poète sans lecteurs. Ce que je fais, personne n'en a besoin. »

Mais l'exil géographique et politique n'est pas l'unique source de la malédiction qui a pesé sur Tsvétaïéva. Provoqué par son inadaptation à la vie courante, l'exil était chez elle, plus largement, un mode personnel d'être. Tsvétaïéva était exilée du réel pour se mieux vouer à sa tâche exclusive : être poète, écrire.

En outre, la plupart de ses relations à autrui étaient placées sous le signe de la séparation ; sa nostalgie existentielle interdisait, semble-t-il, tout accomplissement. « J'ai aimé toutes les choses de ma vie sous forme d'adieu et non de rencontre, de rupture et non de fusion » (*Mon Pouchkine*).

Enfin la négation du fini, du donné, du borné est un des principes moteurs de la construction poétique chez elle, ce qu'atteste l'abondance des néologismes négatifs, tant dans sa poésie que dans sa prose.

Tsvétaïéva avance en niant, en refusant radicalement toute limite, bâtissant un antimonde. Elle est de ces poètes qui, comme Rimbaud, n'ont jamais pu « pactiser avec la vie », selon l'expression d'André Breton.

Exilée de son pays

Après une halte d'un mois et demi à Berlin (du 11 juin au 31 juillet 1922) où Tsvétaïéva retrouve son mari, elle passe en Tchécoslovaquie, dans la banlieue de Prague, de 1922 à 1925, trois années qui auront été les plus fécondes de sa vie.

L'abondance de sa production littéraire à l'étranger justifie sa réponse à l'enquête de la revue *Par nos propres voies* : « ... le meilleur lieu pour un écrivain est celui où on l'empêche le moins d'écrire (de respirer). »

Un mari garde blanc, l'éloge des Cygnes blancs, son amitié pour Mandelstam, « l'humanisme abstrait », « l'idéalisation de l'élément irrationnel » : les motifs étaient plus que suffisants pour assurer à Tsvétaïéva un séjour au Goulag ou une mort rapide.

En 1923 sort à Berlin son recueil *Le Métier* — un adieu à la Russie dont elle est partie en poète révolutionnaire.

C'est en Tchécoslovaquie qu'elle écrit dans la foulée ses longs poèmes, *Le Poème de la montagne* et *Le Poème de la fin*, de janvier à juin 1924 — longs cris d'amour blessé où l'innovation formelle atteint son achèvement (dans le genre du long poème lyrique des années vingt occidentales — cf. Apollinaire : *La Chanson du Mal-Aimé*, ou Cendrars) — ainsi que sa satire lyrique *Le Charmeur de rats* basée sur la légende allemande du joueur de flûte de Hamelin contre l'esprit petit-bourgeois. Ces trois œuvres sont peut-être ses chefs-d'œuvre.

En 1924, elle écrit également une pièce de théâtre, *Ariadna*. Et dans la même période : *Le Gars*. Il s'agit d'une épopée populaire dédiée à Pasternak, du type de *Ruelles* (qui clôt le recueil *Le Métier*), à partir d'un conte d'Afanassiev : Maroussia, une villageoise, tombe amoureuse d'un jeune homme qui se change en vampire, et se sacrifie à lui. Elle-même se réincarne dans une fleur qui pousse sur sa tombe. Stylisation originale de

Tsvétaïéva à partir du folklore (présente également dans *Le Tsar-demoiselle, Ruelles, Sur le cheval rouge* écrits à Moscou) qui a fait parler certains critiques de son style russe. Thème commun à ces œuvres : la nature amorale de l'amour et de l'art.

Le Gars avait été illustré par sa fille Alia qui, très jeune, avait manifesté des dons exceptionnels pour les arts plastiques. Tsvétaïéva tenait beaucoup à cette œuvre (la dédicace à Pasternak suffirait à le montrer), puisqu'elle la traduira elle-même en français, qu'elle en fera une lecture publique en 1929 et sera très déçue de l'échec de cette soirée. Elle explique qu'en général les mots la choisissent et non l'inverse, et que dans cette œuvre la Russie a voulu s'exprimer.

Donc, loin de Moscou, Tsvétaïéva demeure un poète russe. Dans la réponse à l'enquête de la revue *Par nos propres voies*, elle écrit : « La patrie n'est pas la convention du territoire, mais le fait indiscutable de la mémoire et du sang. Ne pas être en Russie, oublier la Russie — seul peut le craindre qui pense la Russie en dehors de lui. Pour celui qui l'a en lui, il ne la perd qu'avec sa propre vie. » Exil bienfaisant, donc, qui a permis à un poète russe d'emporter sa culture, sa mémoire, et d'écrire, mais vécu dans le présent comme une tragédie.

Elle dit, en 1932, dans une lettre à Anna Teskova : « ... Des Russes je suis séparée par mes vers que personne ne comprend [...] bref, mon sentiment exact : il n'y a *pas de place* pour moi dans le monde contemporain. » Elle sera très reconnaissante au jeune critique Bakhrach d'avoir été le seul à ne pas la ranger dans la rubrique « style russe ». (Il avait intitulé son article sur *Le Métier* : « Poésie des rythmes ».)

Si ses références au folklore la coupent du public occidental qui l'ignore, c'est la facture révolutionnaire de ses vers qui la coupe des Russes.

Elle a emporté avec elle du tourbillon révolutionnaire sa foi dans la force élémentaire de la paysannerie russe et, si elle ne se veut pas « poète de la Révolution », elle s'attribue la qualité de poète révolutionnaire.

À ses yeux Maïakovski est seul à réunir les deux aspects. Elle est proche de lui par le caractère oratoire de sa poésie, le besoin des foules d'auditeurs qui puissent donner le champ nécessaire à sa puissance vocale, la passion faite tonicité physique :

Il faut lire Maïakovski tous ensemble, presque en chœur, en tout cas à voix haute et le plus fort possible, — ce qui arrive à chaque lecteur. À travers toute la salle. À travers tout le siècle.

*Lire longtemps Maïakovski est impossible, à cause de la dépense purement physique que cela suppose. Après Maïakovski il faut manger beaucoup et longtemps. Ou bien dormir. Ou bien — pour les plus robustes — marcher (*Épopée et poésie lyrique dans la Russie contemporaine, *1932).*

L'effort physique est exigé par leur rhétorique oratoire, mais surtout par les saccades, les à-coups permanents qui les coupent tous les deux de la tradition d'une ligne mélodique du vers. Ils ont le cri en partage. « Mes choses russes sont destinées à un grand nombre [...]. Si physiquement il n'y a pas de multitudes, il y a des groupes. De même qu'au lieu des arènes et des tribunes de Russie, il y a une petite salle... Ce n'est ni la dimension requise ni la réponse requise. En Russie, comme dans la steppe, comme dans la mer, il y a le lieu d'où parler et où lancer ses mots. »

Tsvétaïéva, qui était plus que tout autre émigré familière de la culture occidentale (française et allemande), qui, d'autre part, déclarait porter avec soi sa Russie, puisque les poètes ne connaissent pas les frontières, a souffert de la coupure avec l'histoire vivante et de son pays et de sa poésie, tant elle fait partie de la poésie révolutionnaire russe.

Si son lyrisme est avant tout un travail de l'intériorité, de l'intime, sa puissance expressionniste a besoin en même temps d'un espace qui lui manque. La nostalgie de la Russie se confond donc avec celle de l'espace : espace humain pour ses vers, espace des lieux pour déployer sa démesure naturelle. « C'est cela même, la Russie : la démesure et l'intrépidité à *aimer*. Et si on a le mal du pays, ce n'est que pour la démesure des lieux : pour l'absence de frontière » (lettre à A. Teskova du 11 août 1935). Les collines des environs de Prague offraient leur étendue à la marcheuse qu'était Tsvétaïéva. Elles lui manqueront dans la banlieue parisienne, où elle souffrira de l'exiguïté des lieux. De Meudon, elle écrit à Anna Teskova le 8 octobre 1931 . « Le caractère de Mour est plutôt difficile, il est toujours en mouvement à cause d'un excédent de forces, il a une voix forte et une passion pour l'espace, — espace qui n'existe pas. »

Au manque d'espace abstrait se joint la hantise du paysage russe, des lieux de son enfance à Taroussa, dont Ariadna Efron dit dans ses *Pages de souvenirs* : « Ici sont nés ses vers, ils sont nés pour ne pas mourir. Les voici, le sorbier et le sureau de toute sa vie, les baies amères, les baies vives. Voici aussi les arbres qui ont des gestes de tragédie. » C'est près de Paris, dans les années trente, qu'elle écrit ses vers les plus nostalgiques au sujet du paysage natal, *Les Arbres*, *Le Mal du pays*, *Le Sureau*, *Le Jardin*. « Je ne peux pas vivre sans arbres, et ici il n'y a pas le moindre buisson. [...] Je voudrais de la grande nature », écrit-elle à V. F. Boulgakov[1] en 1926.

La nature entre dans sa poésie d'une manière emblématique. Les buissons, les arbres sont animés comme des êtres, comme des personnages de sa vie intérieure. Elle est la sœur du sorbier. Le sorbier de son poème poignant *Le Mal du pays* a peu de présence physique, mais il est chargé de toutes les associations symboliques qui l'attachent à la Russie.

Mal du pays ! Tocard, ce mal
Démasqué il y a longtemps !
Il m'est parfaitement égal
Où *me trouver parfaitement*

Seule, sur quels pavés je traîne,
Cabas au bras jusque chez moi,

1. Valentin Boulgakov (1886-1964) : écrivain, secrétaire de L. Tolstoï ; émigré à Prague (de 1923 à 1948) où il a été l'ami de Tsvétaïéva (note d'Efim Etkind).

Vers la maison, — plutôt caserne ! —
Qui ne sait pas qu'elle est à moi.
[...]
Temple ou maison : vide, personne...
Tout m'est égal, rien à parier.
Mais si sur le chemin buissonne
Un arbre, et si c'est — un sorbier...

Exilée de la réalité quotidienne

Le refus du confort quotidien, Tsvétaïéva l'a connu à Moscou et l'aurait connu de toute façon, parce qu'il est un des principes de son rapport au temps. Ce mépris du monde matériel, et la sujétion des tâches domestiques pour qui a deux enfants et pas de ressources, ont transformé ses jours en autant d'unités d'enfer.

La misère aurait pu épargner Tsvétaïéva, or elle a été permanente et a exaspéré son hostilité naturelle envers les choses.

Dès son arrivée à Berlin (le 11 juin 1922), où elle passe un mois et demi, le confort prussien lui est odieux. Le Berlin russe de 1922 bouillonnait d'une vie intellectuelle intense. Elle demeure pourtant à l'écart et dira n'avoir conservé le souvenir que du livre de Pasternak *Ma sœur la vie*, de Biély et de son éditeur Hélikon.

Ses souvenirs sur Biély susciteront l'essai qu'elle lui consacre, *L'Esprit captif*, où elle évoque sa folie. Cas unique dans sa vie, où elle semble assister autrui sans exiger d'être vue, entendue. Rencontre poétique : Biély est saisi par le cycle de Tsvétaïéva, *Séparation*, et se met à écrire différemment après l'avoir lu. Donc, dans le court moment où l'échange avec d'autres écrivains est offert, dans ce Berlin d'alors où il était peu question de politique, où chacun se demandait s'il devait rester ou partir, Tsvétaïéva se lie avec le seul qui soit passé de l'autre côté de la vie — Biély.

Grâce à la bourse du gouvernement tchèque, le minimum nécessaire est assuré à la famille Efron durant les trois ans qu'elle vit dans ce pays. Ils n'ont droit cependant qu'à la banlieue, et Tsvétaïéva se plaint dans sa correspondance de l'envahissement des tâches quotidiennes et de sa lutte permanente avec les choses pour pouvoir écrire.

En France où elle a trouvé asile, Tsvétaïéva sera poursuivie par les tracas domestiques pendant les quatorze ans de son séjour. Pour pouvoir écrire, il est arrivé souvent à Tsvétaïéva de ne pas envoyer sa fille à l'école, afin que celle-ci la décharge des travaux du ménage. « Ou moi — ma vie, c'est-à-dire mon œuvre — ou elle qui n'est encore rien, qui ne sera quelque chose que dans l'avenir. Et je *suis* déjà quelque chose et ne peux sacrifier mes poèmes » (lettre à A. Teskova du 31 août 1931.) « Tout est bon pour un poète, même la monotonie (le monastère), tout sauf la surcharge de la vie quotidienne qui obstrue la tête et l'âme — la vie quotidienne m'a cassé le cerveau ! [...] Parfois je n'écris pas durant des semaines. (N.B. ! Envie, j'ai toujours, tout simplement je ne m'assois pas...) » Évoquant son exil de la vie concrète, elle écrit à Anna Teskova le 21 février 1927 : « Tous mes amis me parlent de la vie comme les marins parleraient de pays lointains à des paysans [...]. J'en conclus que je ne vis pas dans la vie, ce qui d'ailleurs est clair sans préambule. »

Sa haine active du quotidien s'exprime dans sa lettre à V. F. Boulgakov du 2 janvier 1926 : « Le quotidien, c'est de la *matérialité non transformée*. Je suis enfin parvenue à cette formule, c'est la haine qui m'y a conduite. [...] Le quotidien en tant que tel n'existe pas. Il ne surgit qu'à travers notre haine. Ainsi, matérialité que l'on hait, — tel est le quotidien — le quotidien : une apparence haïe. » Le monde des choses fait l'objet de sa haine parce qu'il a été une entrave permanente à son travail poétique, à cause du dénuement permanent dans lequel elle a vécu. En même temps, Tsvétaïéva n'a jamais rêvé d'aisance (elle l'a connue dans son enfance), de l'aisance minimum qui lui aurait fait oublier la rugosité des réalités quotidiennes.

Tout comme Maïakovski, elle est indignée par la satiété des riches et, plus encore peut-être, par l'aspiration petite-bourgeoise au confort des nouvelles couches sociales ; en témoigne sa satire lyrique *Le Charmeur de rats* où, dans un premier temps, les rats assaillent les riches bourgeois, suivent le joueur de flûte, l'inspiré, l'homme de l'art, puis, ayant pris le pouvoir, tombent à leur tour dans l'enlisement de la possession, du sommeil...

Les nouveaux riches, semblables aux philistins, sont ceux dont la perspective est l'horizon borné de la satiété, de l'immédiat. Pour Maïakovski comme pour Tsvétaïéva, ils sont des anti-poètes. Dans le poème qu'elle écrit pour la mort de Maïakovski, Tsvétaïéva reprendra le mot célèbre de celui-ci : « La barque de l'amour s'est brisée contre la vie quotidienne. » La richesse matérielle, le sommeil, l'esprit borné constituent le monde de l'ennemi, par opposition à celui du manque, de la vigilance, de la nostalgie, de l'élan qui sont le lot du poète.

On peut même parler d'un ascétisme quasi religieux lorsqu'elle oppose en idéaliste, en romantique, au monde matériel la spiritualité de l'artiste. « Mieux vaut être qu'avoir. » Cette devise qu'elle a adoptée est reprise par le prince Volkonski dans le livre qu'il a dédié à Marina Tsvétaïéva : *Ordre des choses et vie de l'être.*

Ainsi, son exil du quotidien, qui est d'abord refus de la gêne au sens propre, prend appui sur une conception idéaliste de l'artiste.

« Usage », « ordre des choses », « vie quotidienne », « routine », « mode de vie », « monde matériel », autant d'expressions qui en russe trouvent leur synthèse dans un seul petit mot monosyllabique, « *byt* », qui est la tête de Turc des poètes romantiques.

En France, est-ce que le quotidien a jamais été assez rude pour que s'impose un mot qui recouvre un champ de significations à la fois précises et vastes, mais surtout péjoratives ? La philosophie sartrienne fournit l'opposition de l'existence et de l'essence, mais on est loin de la matérialité des choses, de leur impérialisme, sur lequel butent inévitablement les Russes.

Les poètes ressentent davantage comme insupportables les

limites de la répétition, le heurt du réel fini et du monde intérieur illimité. Baudelaire parlait de nous tous qui partons dans le temps « berçant notre infini sur le fini des mers ». Et Apollinaire :

L'amour s'en va comme cette eau courante
L'amour s'en va
Comme la vie est lente
Et comme l'Espérance est violente

Il n'est question que de lenteur — mais on rejoint l'idée d'un monde dur, figé, contre lequel s'est brisé Maïakovski avec son amour fulgurant, illimité.

La possibilité d'une sensualité heureuse dans le rapport aux choses concrètes est peut-être ce qui nous a privés, en France, d'un tel mot. En Russie, on ne voit guère que Mandelstam — et là est la force inouïe de son rayonnement personnel — qui ait transfiguré les éléments du quotidien pour en faire une fête à mesure d'homme. Cet « ordre des choses » russe est la matérialité de l'organisation sociale. Il ne s'agit pas de la nature (là s'épanouit véritablement une sensualité russe — Essenine, Blok, Akhmatova), mais du monde humain inhumain, de ce roc dur spécifiquement russe. Même dans le rapport à la nature d'un Essenine existe la médiation d'une vision religieuse de la Russie.

Dans la tradition russe, c'est peut-être la puissance de la spiritualité qui a imposé antinomiquement le terme *byt*. Chez Tsvétaïéva, la haine de cette prose quotidienne est portée à son paroxysme, élevée en principe philosophique. Le poète n'est pas celui qui change le donné, mais celui qui le refuse au nom d'un autre monde radicalement différent.

Autant la misère qui la poursuivra que ses *a priori* idéalistes excluent Tsvétaïéva du mode de vie commun et concourent à son isolement radical.

Exil intérieur : la mal-aimée

Si l'isolement a été son lot, la solitude quotidienne a manqué à Tsvétaïéva ; solitude indispensable à son travail, qu'elle arrachait malgré tout au prix d'une coupure avec les siens. « Une observation étonnante : on a besoin de temps pour *sentir*, non pour penser. La pensée est l'éclair, le sentiment — la lueur de l'étoile la plus éloignée. [...] Un exemple simple : quand je pèse un kilo et demi de poisson, je peux penser, mais non sentir, l'odeur me gêne [...]. Apparemment, le sentiment est plus exigeant que la pensée, il veut tout ou rien. Au mien, je ne peux rien donner : ni temps, ni silence, ni isolement ; je suis *toujours* au milieu des gens : de 7 h du matin à 10 h du soir, et vers 10 h je suis si fatiguée qu'il n'est pas question de "sentir" ! Ce sentiment demande de la force » (lettre à A. Teskova du 12 décembre 1927). Sans cesse détournée de son œuvre poétique par des tâches quotidiennes en même temps qu'exclusivement captée par elle, Tsvétaïéva était au milieu des siens, comme ailleurs, absente dans la présence.

Six ans plus tard, dans une autre lettre du 11 décembre 1933 à la même amie tchèque : « ... en France je suis mal : solitaire, étrangère, je n'ai pas de *vrais* amis. Je n'ai pas eu de chance en France. À la maison aussi je me sens orpheline. »

Après avoir encensé son mari quand il était absent (*Le Camp des cygnes, Le Métier*), après la joie des retrouvailles à Berlin, le fossé se creuse vite dès la reprise de leur vie commune et s'approfondit au fil des années.

Dès son arrivée en Tchécoslovaquie, il semble que Sergueï Efron se soit tourné avec sympathie vers l'URSS (il a dirigé la revue *Par nos propres voies*). Ce retournement politique sera encore plus net à Paris, où Sergueï Efron se dévoue frénétiquement à la cause des Eurasiens et à la revue *Verstes* (où sont publiés Pasternak et Babel). Dans les années trente, il joue un rôle actif dans l'« Union de la patrie soviétique » (anciennement l'« Union pour le retour à la patrie »), et sa culpabilité est établie quant à sa participation indirecte à l'assassinat d'Ignace Reiss (agent double d'origine polonaise, qui avait décidé de rompre avec Moscou).

Ariadna Efron dira n'avoir rien su des activités de son père ; de même Tsvétaïéva, convoquée par la police française à la suite de la disparition de Sergueï Efron après cet assassinat, aurait dit de son mari : « Sa bonne foi a pu être abusée, ma confiance en lui reste entière. »

Bien qu'on puisse noter chez elle-même un intérêt grandissant pour son pays dans les années trente, elle reste fidèle à l'image noble, généreuse qu'elle s'est faite de son mari quand il luttait pour la « cause blanche ». Leur divergence idéologique n'entame en rien la qualité d'âme qu'elle lui reconnaît.

Outre ce différend, les époux ont peu de préoccupations communes. En Tchécoslovaquie, Sergueï Efron poursuit ses études avec l'aide d'une bourse tchèque, fait du théâtre, participe à des revues russes. Sa santé fragile réclame de fréquents séjours en sanatorium pour tuberculose ; leurs activités sont différentes. Selon un idéalisme qu'il partageait avec Tsvétaïéva, il semble qu'Efron ne se soit pas soucié de rémunérations régulières pour entretenir la famille. Ses absences fréquentes ont dû créer un *modus vivendi* possible entre les époux.

Autour de Tsvétaïéva, l'air était sans doute peu respirable, la cohabitation difficile avec un créateur aussi possédé.

Sa fille sur qui pesait l'essentiel des soins domestiques a littéralement sacrifié sa vie au talent de sa mère ; après la mort de celle-ci, quand Ariadna est revenue du camp, cela devint un choix. Dans l'enfance, Ariadna aussi aspirait à rentrer en URSS, elle se sentait proche de son père.

Mour, que sa mère a idolâtré et qui s'est pris pour une idole, lui en a eu apparemment peu de reconnaissance ; Tsvétaïéva elle-même note son caractère difficile. Lui aussi voulait partir. Évacué avec elle à Elabouga, après le suicide de sa mère, il ne viendra pas à son enterrement.

On lit dans une lettre à Anna Teskova du 3 juin 1931 :

Ma vie à la maison est dure — comme pour nous tous. Nous sommes tous trop particuliers et trop différents... Chacun a besoin — physiquement — d'une place qui n'existe pas : tous sont serrés les uns contre les autres, coude à coude. [...]

Tout mon entourage me considère comme sèche et froide, — peut-être est-ce vrai — la vie, aiguisant l'esprit, assèche l'âme.

[...] Ainsi en est-il de toute ma vie d'adulte : « Force refoulée, désir créateur refoulé » (en français dans le texte), *que fais-je d'autre dans la vie que de ne-pas-écrire quand j'en ai envie, et justement : tous les matins de ma vie (14 ans d'affilée). Ça aussi refroidit et assèche.*

Et puis le paradoxe du mariage, de la fidélité éternelle à son mari proclamée par Tsvétaïéva alors que pour une nature lyrique anarchique, âprement sensuelle, l'amour, tout comme l'art, était de l'ordre de la force élémentaire, de la nature, donc amoral par principe.

Ces contradictions l'ont déchirée, sans que ni dans sa poésie ni dans sa correspondance elle ait tenté de se justifier ou de s'en expliquer.

Alors que toutes les personnes rencontrées et aimées par Tsvétaïéva sont immédiatement transfigurées dans sa poésie, mythifiées, Sergueï Efron ne se détache pas comme individualité dans son œuvre poétique ou prosaïque. La vie familiale, nécessairement quotidienne, donc antipoétique, s'oppose à l'amour : « Je n'aime personne — depuis longtemps, j'aime Pasternak, mais il est loin, toujours des lettres, aucun signe de ce monde-*ci*, donc et ailleurs aussi ! Rilke, on me l'a *arraché* des mains. Je devais aller le voir au printemps. Je ne parle pas des miens, c'est un autre amour, accompagné de douleur et de souci, souvent étouffé, altéré par la vie quotidienne. Je parle de l'amour en liberté, sous le ciel, de l'amour libre, de l'amour secret, non mentionné dans les passeports, *du miracle de l'étranger*. De *l'ailleurs* devenu *ici*. Vous savez bien que le sexe et l'âge n'ont rien à y voir » (lettre à A. Teskova de février 1928). Elle écrit à la même amie le 21 novembre 1934 : « J'ai vécu jusqu'à quarante ans, il n'y a pas eu un seul être qui m'ait aimée plus que tout au monde. C'est cela que je voudrais élucider. Je n'ai pas eu une personne *fidèle*. Pourquoi ? *Tout le monde en a.* »

Les passions, toutes exceptionnelles, pour des personnes successives, l'amour tragique qui lui a inspiré ses deux grands poèmes, *Le Poème de la montagne, Le Poème de la fin*, n'ont pas semblé ébranler le couple, parce que mari et femme étaient suffisamment distants par leur vie et leur pensée, et trop proches et définitivement dévoués l'un à l'autre. Cette solitude à l'intérieur de la famille, Tsvétaïéva l'exprime encore ainsi : « Parfois je songe avec amertume : tout le monde à la maison et autour est plus "poète" que moi. En fait de poésie, je n'ai que mon malheureux cahier [...] *Ici, personne n'a besoin de moi.* » Elle parle dans une lettre de l'impossibilité tragique de quitter son mari Sérioja (évoquant son amour pour Pasternak ?). Fidélité au mariage, sentiment d'une solidarité, d'une communauté des destins dans l'exil, fidélité à soi-même, sacralisation de la fidélité, intimité indéliable nulle part mentionnée. Et à côté, la vie de l'imagination et des passions sans cesse en mouvement. Chacune étant l'unique et la plus forte et engloutissant toute sa personne.

Parmi ses passions, il y a eu des femmes, dont la poétesse Sofia Parnok qui était lesbienne : un cycle de poèmes, *L'Amie*, est explicite à ce sujet. Leur rapprochement eut lieu alors que Tsvétaïéva était mariée depuis peu et avait déjà donné naissance à sa fille Alia.

Cette liaison, dont le point culminant se situe pendant l'été 1915 à Koktebel chez Max Volochine, a duré un an et demi, et les travaux de S. Poliakova nous permettent d'en avoir quelque idée. Elle a suffisamment absorbé Tsvétaïéva pour que l'entourage tremble pour son mariage.

Sans doute ne doit-on pas se représenter ces péripéties comme un drame frontal. Le contexte de l'époque, le milieu auquel appartenait Tsvétaïéva prédisposaient aux expériences amoureuses de tous ordres sans qu'une réprobation morale les accompagnât nécessairement : époque de mutations, de remise en cause des mœurs. Et chez elle, solidité du modèle familial en même temps qu'indifférence totale à ses pulsions hors normes.

Pas d'affrontement direct avec Sérioja qui, selon le témoignage de S. Poliakova, s'effaçait devant Sofia Parnok, et qui avait ses propres aventures amoureuses. Tsvétaïéva lui écrivait d'ailleurs chaque jour, s'inquiétait de ne pouvoir le joindre aux moments mêmes de son idylle avec Parnok. Pas de drame intérieur excessif : la question ne semble pas se poser d'avoir à choisir entre des penchants contradictoires ni de mener un type de vie marginal.

Dans une note du 9 juin 1921, Tsvétaïéva donne son point de vue avec une relative tranquillité : « N'aimer que les femmes (pour une femme) ou que les hommes (pour un homme) en excluant sciemment l'inverse, qui est chose courante — c'est l'effroi ! Quelle angoisse ! Mais n'aimer que les femmes (pour un homme) ou que les hommes (pour une femme) en excluant sciemment l'intimement semblable — ce qui n'est pas courant — quel ennui ! »

Tsvétaïéva ne se prive en principe d'aucune virtualité dans les relations intimes. L'absence de conflit entre elle et son mari comme en elle-même signifie que l'entourage ne fait pas peser de réprobation morale. Mais on peut imaginer des frictions non dites dans le quotidien, des incompatibilités tragiques : « Je lui [à S. Efron] écris tantôt tous les jours, tantôt un jour sur deux, il connaît toute ma vie, seulement j'essaie de parler le plus rarement possible du plus triste. J'ai un poids éternel sur le cœur. Je m'endors et me réveille avec. — Sonia m'aime beaucoup et moi aussi, je l'aime — et c'est éternel, et je ne pourrai pas la quitter. Le déchirement qui provient des jours qu'il faut diviser, mon cœur contient tout cela. [...] Je ne peux pas faire mal, et je ne peux pas ne pas faire mal... » (lettre à Élisabeth Efron, la sœur de Sergueï).

Mais la tragédie des relations avec Parnok tient moins à leur nature, semble-t-il, qu'à leur histoire spécifique, à la rupture dont Parnok a eu l'initiative et dont Tsvétaïéva parle comme de la « première catastrophe » de sa vie (cf. lettre à Adamovitch). Tsvétaïéva est blessée dans sa fierté, tâche d'évincer Parnok de sa mémoire, mais semble lire dans cette rupture le signe d'un abandon qui serait son destin. Parnok l'a quittée pour une autre qui est décrite ainsi par Tsvétaïéva : « Sur son lit une autre était assise : très grande, grosse, toute noire. »

La rupture avec Parnok ne fait peut-être que raviver une autre plaie : le sentiment d'avoir été mal aimée par sa mère. D'autant plus cuisante que Tsvétaïéva présente la relation à sa mère comme fondatrice d'elle-même et de sa sensibilité. « Je suis contente que *Ma mère et la musique* vous ait plu », écrit-elle à Véra Bounina en 1935. « Et ma mère elle-même vous a-t-elle plu ? Je lui dois *tout.* »

Dans ses souvenirs d'enfance (*Le Diable, Ma mère et la musique, Le Conte de ma mère*), pleins d'imagination fantasmagorique, elle ne manque pas une occasion de souligner l'écorchement provoqué par sa relation à sa mère. Jalousie vive à l'égard de sa sœur Assia qu'elle appelle « sa favorite » (*Le Diable*) : « ... Assia est maintenant collée à ma mère comme une tique. »

De dépit d'avoir donné naissance à une fille alors qu'elle attendait un fils, sa mère décide qu'elle serait musicienne. « Ma mère m'a tourmentée à mort avec sa musique » (*Ma mère et la musique*). Tsvétaïéva se présente comme la créature de sa mère : elle s'est formée à la fois grâce à elle et contre elle, en tout cas sa mère a été la référence suprême. « L'enthousiasme musical, il est temps de le dire, me faisait défaut par la faute ou plutôt à cause du zèle excessif de ma mère : elle attendait de moi, qui n'en avais ni les forces ni les capacités, le maximalisme entier et sans âge d'une vocation innée. Elle exigeait de moi que je fusse elle ! De moi qui étais déjà écrivain et qui ne serais jamais musicienne. »

Donc identification avec sa mère qu'elle revendique et dont elle se défend pour être elle-même. L'identification est une première blessure, celle de sa mère qu'elle reprend à son compte. « Ma mère nous a inondés de toute l'amertume de sa vocation contrariée, de sa vie contrariée, elle nous a inondés de musique comme de sang, du sang de la seconde naissance... »

La fusion avec sa mère et le conflit intérieur sont résumés dans la dernière phrase du récit : « Il y a des forces que, chez une enfant de cette nature, même une mère comme la mienne ne peut vaincre. »

Sur bien des points, la liaison avec Sofia Parnok, qui survient quelques années après la mort de sa mère, est une répétition de la relation primitive.

Dans la *Lettre à l'Amazone*, Tsvétaïéva parle du caractère maternel de l'amour du « frère féminin », aîné qui prend l'initiative. Dans les poèmes du cycle *L'Amie*, elle se pose en enfant par rapport à Parnok. Il est possible que le principe féminin ait représenté la loi dans la structuration psychique de Tsvétaïéva : Parnok réunit à la fois les attributs de la mère et de l'homme (vêtement sobre, peu de couleurs, front autoritaire...).

« L'éternel troisième de l'amour », Tsvétaïéva apprend à le connaître au sein du premier trio féminin où elle s'est trouvée : sa mère — sa sœur — elle. Il est reproduit sur le mode féminin quand elle découvre une autre femme qu'elle sur le lit de Parnok. Dans les deux cas, elle est la moins aimée, l'exclue.

L'acuité de sa jalousie vis-à-vis de sa sœur (motivée ou non ? — cf. *Souvenirs* d'Ariadna Tsvétaïéva) est très nette dans son récit de 1934, *Le Conte de ma mère*. Il commence ainsi, ce qui donne une idée du ton général :

« "Maman, qui aimes-tu le plus : moi ou Moussia [autre nom de Marina] ? Non, ne dis pas que tu aimes tout également, cela n'existe pas 'également', il y a quelqu'un qu'on aime toujours un tou-out petit peu plus, l'autre pas moins, mais l'un des deux un tou-out petit peu plus ! Je te donne ma parole que je ne me vexerai pas (en me lançant un regard mécontent), si c'est Moussia." Tout, sauf le regard, était de la plus pure hypocrisie, car et elle, ma mère, et surtout moi savions parfaitement qui, et elle ne faisait qu'attendre le *mot* meurtrier pour moi que, rougissante, j'attendais dans une tension non moins grande, bien que je susse qu'il ne viendrait pas. »

Tsvétaïéva présente les choses comme si la mort de sa mère avait fait d'elle un poète, tout en reconnaissant que sa vocation avait été très nette.

Son talent s'est alimenté dès l'origine à la nostalgie : sans doute la perte de sa mère se superpose-t-elle à la perte de l'enfance en général, qui est présentée comme l'âge d'or de sa vie, le paradis perdu. « Sans doute, vous comme moi, n'aimez que votre enfance : ce qui fut alors — (Je n'ai rien aimé de ce qui est venu après !) » (*Mon Pouchkine*).

Et dans l'essai sur *Natalia Gontcharova* : « L'histoire de mes vérités — voilà mon enfance. L'histoire de mes erreurs — voilà mon adolescence. Les deux ont une valeur, la première comme Dieu et moi, la deuxième comme moi et le monde. Mais si vous voulez retrouver l'actuelle Gontcharova, remontez à son enfance, à sa jeunesse. Là se trouvent les racines. Et aussi étrange que cela soit pour un artiste, cela se passe en effet ainsi : d'abord les racines, ensuite les branches, puis le tronc. »

Et dans l'*Autobiographie* (1938, original en russe inconnu) :

J'étais la fille aînée de ma mère, mais pas sa préférée. C'était de moi qu'elle était fière, c'était la plus jeune qu'elle aimait. Blessure précoce d'un manque d'amour.

... 47 ans après ma naissance, je dirai que tout ce qu'il m'a été donné de connaître, je l'ai connu avant ma septième année ; les années qui suivirent, je n'ai fait qu'apprendre à le comprendre.

Dans une lettre à Véra Bounina de 1933 : « ... le passé est plus fort que le présent et le plus passé du passé : *l'enfance* est plus forte que tout. Les racines. »

Exilée du concret. Tsvétaïéva est aussi exilée du présent. Le rejet dont elle s'est crue l'objet de la part de sa mère, la jalousie à l'égard de sa sœur auront leur prolongement ultérieur ; un sentiment de frustration et d'insatisfaction systématique qui dominera son rapport à autrui.

Dans *Mon Pouchkine*, Tsvétaïéva dit avoir été marquée à vie par le non-lieu entre Tatiana et Eugène Onéguine :

Le banc sur lequel ils ne se sont pas assis s'est avéré prédéterminant. Ni alors ni par la suite je n'ai jamais aimé qu'on s'embrasse, toujours qu'on se sépare.

[...] Cette première scène d'amour qui fut la mienne a prédéterminé toutes les suivantes, toute la passion en moi d'un amour malheureux, non réciproque, impossible. Dès ce moment même je n'ai pas voulu être heureuse et par là je me suis condamnée au non-amour.

[...] J'ai aimé toutes les choses de ma vie sous forme d'adieu et non de rencontre, de rupture et non de fusion.

Le poème dédié à Pasternak, *Dis-tance*, exprime l'écartèlement des êtres « dis-persés », « dé-liés », « trans-plantés », « dessoudés », « déplacés », « défaits ».

Dans une lettre à Anna Teskova, en 1931, éclatent des revendications amères à l'égard de Gontcharova : « Gontcharova. J'étais amie avec Gontcharova tant que j'écrivais quelque chose sur elle. J'ai terminé et — pas une seule lettre d'elle depuis deux ans, pas un signe de vie, comme si je n'existais pas. Si nous nous sommes vues, c'était de *mon* fait. Elle a sa vie, ses habitudes, je ne me suis pas suffisamment incrustée, je ne suis pas devenue *nécessaire.* »

L'attitude de Gontcharova ne laissait sans doute pas de place à l'ambiguïté. Quand ses interlocuteurs sont moins directs, Tsvétaïéva va jusqu'à leur suggérer des sentiments, des attitudes, sans se soucier d'une réponse réelle. Ainsi écrit-elle à Anna Teskova en 1937 : « Oui, la "Poétesse" dont parle Rilke à Pasternak, c'est moi. Je suis la dernière joie de Rilke, et sa dernière joie *russe*, sa dernière Russie et dernière amitié. » Or, c'est à une autre Russe, Lou Andréas-Salomé, qu'écrit Rilke au mois de décembre de sa mort ; un malentendu était survenu entre Tsvétaïéva et lui. Elle avait sous-estimé la gravité de sa maladie.

À Véra Bounina, qui s'éloigne d'elle, elle tient dans une lettre du 2 juin 1935 des discours du style suivant : [Vous m'aimez malgré vous.] « Vous êtes détachée. De tout ce qui est vous ("moi"). Tout est pour vous plus important et plus urgent que votre propre âme et ses exigences les plus *essentielles*. Et puisque malgré tout je m'intéresse à votre propre âme, vous renoncerez facilement même à moi pour le premier venu, un hôte dont vous n'avez pas besoin, ou une chose à faire. Si je vous étais moins proche — pardon pour l'hyperbole — mais elle devient claire : si j'étais pour vous moins vous, vous compteriez davantage avec moi dans la vie des jours, et à présent voici une véritable hyperbole : et vous vous accorderiez davantage le droit à la joie que — malgré tout — je suis pour vous. »

Rejetée du temps quotidien, des lieux qui seraient les siens, séparée de ceux qu'elle aime soit par la distance, soit par « l'éternel troisième de l'amour », Tsvétaïéva est portée à créer une série de mots négatifs : « mon *non-sourire* hautain », « je suis lasse des tâches *non-miennes* qui me prennent ma vie », « je me suis condamnée au *non-amour* ».

Sa poésie se construit contre les catégories existantes. Quand elle est à bout de forces en 1940, elle se dit réduite à cette négation :

« À force de changer de lieu, je perds peu à peu le sentiment de la réalité : j'existe de moins en moins... Il ne reste que mon *non* fondamental. » L'amour est pour elle le lieu privilégié de l'infini. Dans une lettre à Bakhrach, elle écrit : « Cette étroitesse m'a toujours étouffée : aimez le *monde* en moi, non pas *moi* dans le monde. Marina doit s'appeler "le monde" et non le monde "Marina". »

Aussi l'expérience de l'amour s'est-elle révélée pour Tsvétaïéva presque toujours tragique, l'interlocuteur ne pouvant répondre à la même hauteur. (Marc Slonim a dit d'elle : « Rien que l'âme nue. On pourrait carrément avoir peur. »)

Le désespoir ne tue pas la passion, car demeurent toujours vivants l'élan vers l'absolu, l'amour de l'espace. Tsvétaïéva écrivait à Anna Teskova à propos de la « non-venue » de Gronski au bord de la mer où elle l'attendait : « Il est aussi peu venu à la mer que je suis allée vous voir à Prague. [...] Je ne perds pas que lui ; lui, je ne le perds pas du tout ! Mais *moi en lui*, lui en moi, une constellation donnée à un moment donné de l'éternité, à un point donné du globe terrestre. »

L'affinité élective de deux âmes, la rencontre irrépétable de deux êtres sont pour Tsvétaïéva le but de la vie et le sens de toute création (c'est pourquoi le dialogue avec les poètes est privilégié — en tant qu'ils sont des êtres d'une singularité élaborée).

Ainsi presque tous ses poèmes sont écrits pour quelqu'un ou s'adressent à une personne, morte ou vivante (Blok, Rilke, Anna Teskova, Pasternak). Ce sont tous des dialogues — le jeu dramatique du « je » et du « tu » —, mais en même temps ils apparaissent comme intérieurs à un vaste monologue tragique. Ce monologue est l'affrontement solitaire des absents.

Exilée des villes

Les lieux successifs habités par Tsvétaïéva dans l'immigration sont le symbole de cet exil général : elle n'a pas droit de cité au cœur des villes et s'est vue condamnée à la banlieue. En Tchécoslovaquie, la famille habite d'abord, à son arrivée en 1922, le village de Horni Mokropsy, dans les environs de Prague, puis déménage pour Vchénory, la banlieue de Prague, en 1924.

En France, la famille Efron habitera quatre villes de la banlieue parisienne de 1925 à 1937. Elle accédera ensuite à la capitale, mais dans une chambre d'hôtel (1938-1939).

Tsvétaïéva, qui a spontanément tendance à interpréter le moindre fait réel pour l'investir de ses valeurs personnelles, n'a pas manqué d'y lire la marque de son destin particulier :

Des faubourgs — rien qu'eux !
Mais où sont les villes ? !
[...]
Banlieue, faubourg : des jours
C'est la fin.
[...]

Banlieue, banlieue : coutures
Déchirées.

(Le Poème de la fin)

À son retour en URSS, Tsvétaïéva se trouve une fois de plus exclue de la ville. « Je me suis adressée au remplaçant de Fadeev — Pavlenko — un homme charmant qui compatit tout à fait, mais ne peut rien me donner, *il n'y a pas un mètre* à Moscou pour les écrivains, et je le crois. Il m'a proposé la banlieue, j'ai avancé l'argument de fond : *mon cafard noir*, et du moins il n'a pas insisté. [...] Bref, Moscou ne peut pas me loger. [...] Je ne peux pas extirper de moi le sentiment *d'un droit* (lettre du 31 août 1940 à Véra Merkouriéva[1]).

Ses derniers moments sont aussi sous le signe d'un refus de séjour à Tchistopol, comme le relate en détail Lidia Tchoukovskaïa[2]. « Si on me refuse le droit de résidence à Tchistopol, je mourrai », déclare-t-elle. Elle se pend à Elabouga quelques jours plus tard.

D'où, chez elle, la métaphore centrale du Juif errant, dont elle se sent parente :

À l'extérieur ! Hors ! Hors de la ville !
Remparts franchis ! Tu comprends ?
Vivre est un lieu où c'est impossible :
Le quar-tier juif, du dedans...
[...]

Ghetto des élites ! Au trou ! Tiens !
Pas de pitié ! que des gifles !

1. Véra Merkouriéva (1876-1943) : poète et traductrice de poésie anglaise (note d'Efim Etkind).

2. Lidia Tchoukovskaïa (1907) : écrivain, auteur de Mémoires sur Tsvétaïéva publiés dans la revue *Passé-Présent*, 1984, n° 3, sous le titre « L'avant-mort de Marina Tsvétaïéva », traduit par Ève Malleret (note d'Efim Etkind).

En ce monde-ci hyperchrétien
Les poètes sont des Juifs !

(Le Poème de la fin)

La métaphore de la banlieue est d'un coup élargie : le monde présent refuse aux poètes le droit de cité. C'est là-dessus que Tsvétaïéva fonde sa conception du poète comme au-dessus des territoires, comme un émigré dans le temps : « Tout poète est au fond un émigré, même en Russie. Un émigré du Royaume des cieux et du paradis terrestre de la nature. Le poète — toute personne du monde de l'art. Mais le poète plus que tout autre porte l'empreinte de l'inconfort, à quoi l'on reconnaît le poète même dans sa propre maison. Un Émigré de l'Immortalité dans le temps, un expatrié *de son* ciel *à lui* » (*Le Poète et le Temps*, 1932).

Exil politique, littéraire, psychologique, solitude intérieure : Tsvétaïéva fait en sorte de donner à tous ces manques une cohérence, au vide une assiette, en fondant sa conception du poète et de sa vocation personnelle sur la notion d'inconfort nécessaire, d'inadéquation immanquable au réel.

3. LA VITESSE INTÉRIEURE[1]

L'amour s'en va
Comme la vie est lente
Et comme l'Espérance est violente

APOLLINAIRE

L'auteur de *La Chanson du Mal-Aimé* s'afflige du déphasage inévitable entre la lenteur du cours réel des choses et l'impétuosité du sentiment.

1. Publié sous le titre : « Marina Tsvétaïéva ou la vitesse intérieure » dans Marina Tsvétaïéva, *Le Poème de la montagne, Le Poème de la fin*, L'Âge d'Homme, Lausanne, 1984 (note d'Efim Etkind).

Que dit d'autre Maïakovski dans son dernier message : *La barque de l'amour s'est brisée contre le quotidien* ?

Il semble que Tsvétaïéva se soit heurtée vingt fois, cent fois à la lenteur, à la stagnation, à sa propre déception devant la réalité, mais qu'elle ait réussi (à quel prix !) à imposer cette vitesse intérieure tant dans ses vers que dans sa vie. À vrai dire, elle ne pouvait pas faire autrement : « ... moi, c'est quand je suis toute tendue que je me sens le mieux. »

Ainsi ses deux longs poèmes d'amour tragique qui sont, peut-être, parmi les plus puissants de son œuvre — *Le Poème de la montagne* et *Le Poème de la fin*[1] — ont été écrits dans un seul souffle : le 1er janvier 1924, elle commence à écrire *Le Poème de la montagne* (dix pages) qu'elle achève le 1er février 1924 et, le jour même, elle s'attelle au *Poème de la fin* (trente pages) jusqu'au 8 juin 1924. Ce sont deux pièces d'un ensemble dissymétrique et qui forment cependant un tout cohérent.

Surtout dans *Le Poème de la fin* où la tension de la rupture ne fléchit pas trente pages durant, la fulgurance des rythmes s'accommode de la longue aventure versifiée qu'est la dernière promenade des amants. Le heurt entre éclair et durée fonde ici l'originalité du poème.

L'analyse d'un quatrain du premier chapitre[2] montre ces ellipses, sauts de pensée, ce rythme haletant. Il s'agit du dernier rendez-vous des amants. Bribes de dialogue — voix de l'homme apparemment (le masculin du verbe et des adjectifs l'impose) :

— *Moins le quart, exact, non ?*

En guise de réponse, passage imprévisible au commentaire intérieur, presque parlé, de la femme déçue :

1. Voir p. 120 sq. et p. 131 sq.

2. Dorénavant les chiffres précédant les vers indiqueront le numéro du chapitre.

Syllabes
Sonnant faux.

Du commentaire on passe sans transition à l'émotion intérieure, puis très vite à sa signification :

Le cœur tombe : qu'a-t-il ?

Pas d'adjectif possessif dans tout ce premier chapitre, ce qui parfois suggère une ambiguïté du sujet parlant. Ambiguïté voulue, sans doute, due à la confusion des états paroxystiques. « ... la mort/N'attend pas » : c'est elle qui le dit et c'est en même temps une maxime.

Les deux points entre « le cœur tombe » et « qu'a-t-il ? » sont juste là pour indiquer la vitesse avec laquelle la pensée succède à l'émotion. Puis le commentaire final :

Signal
Du cerveau.

Ce dernier enjambement crée le coup de théâtre du dernier mot « Du cerveau » : grande distance par rapport à soi. Au plus fort de la passion, Tsvétaïéva est capable de prendre du recul pour décrire le parcours capricieux de l'électricité qui traverse affects et pensées.

Ce langage télescopé exige une rapide gymnastique cérébrale. Le rythme varie dans chaque chapitre pour aboutir parfois à des accélérations de ce genre :

(6) *Donc pas la peine.*
Donc pas la peine.
Donc pas de pleurs.

Dans nos fratries
D'errants pêcheurs
— Nuls pleurs, on rit !

(Le Poème de la fin)

L'enjambement d'une strophe à l'autre est aussi un des procédés de la vitesse :

(7) *Voisins se tenant à l'écart,*
On va. Du côté du fleuve — un

Sanglot. Je lèche sans alarme
Le sel du mercure en bouillons...

(Le Poème de la fin)

Dans *Le Poème de la montagne*, les syllabes d'un même mot peuvent servir à l'enjambement :

(7) *Témoignait la montagne : elle ne nous laisse-*
Rait pas, ne t'admettrait pas avec une autre.

La sémantique du conditionnel est ainsi donnée comme à l'état pur.

Les ellipses, sauts de registre, raccourcis brutaux qui créent cette vitesse exceptionnelle rendent la lecture de cette poésie difficile, voire hermétique. Des lecteurs s'en plaignent, rebelles à cette esthétique. La rapidité d'un moment subjectif peut en effet buter contre l'écueil d'une perte de communication.

L'arbitraire personnel de Tsvétaïéva qui, *a priori*, peut sembler être celui d'un illogisme volontaire évoque l'expérience des surréalistes dans leurs essais d'écriture automatique. C'est à la même époque (1924) qu'André Breton écrivait le premier *Manifeste du surréalisme* et qu'il désignait la logique comme l'ennemie des poètes : « Nous vivons encore sous le règne de la logique. [...] ... au moins de la naissance de l'homme à sa mort, la pensée ne présente aucune solution de continuité, la somme des moments de rêve, au point de vue temps, à ne considérer même que le rêve pur, celui du sommeil, n'est pas inférieure à la somme des moments de réalité, bornons-nous à dire : des moments de veille… » Breton rêve même d'en finir avec le temps.

Tsvétaïéva aussi, pour qui le rêve était plus riche que la vie du langage diurne (cf. lettre à Pasternak du 19 novembre 1922) : « Mon mode de communication préféré est le "par-delà" : c'est le rêve, le rêve nocturne. »

Le compliment fait à Desnos par Breton dans le premier *Manifeste du surréalisme* — « la prodigieuse agilité qu'il met à suivre oralement sa pensée… » — est peut-être le seul point commun réel avec la recherche surréaliste d'un langage adé quat au discontinu des mouvements intérieurs. Chez eux hommage à Freud. Insurrection déclarée contre la logique. « Il faut en rendre grâce aux découvertes de Freud » (*Manifeste du surréalisme*).

Chez Tsvétaïéva, nulle référence à aucun système de pensée — alors qu'à son époque Freud était publié à Moscou et constituait, comme ailleurs, une découverte.

Elle est poète et ne se réfère qu'à la force élémentaire qui la meut. D'ailleurs son irrationalisme sans frontière s'accompagne de conformismes inattendus. Jamais elle ne pourrait souscrire à cette déclaration du *Manifeste du surréalisme* : « Tout et à faire, tous les moyens doivent être bons à employer pour ruiner les idées de famille, de patrie, de religion. »

Dans son poème d'amour le plus anarchiste, *Le Poème de la montagne*, Tsvétaïéva affirme en même temps les droits du foyer, du bonheur conjugal. Elle est coutumière de ce genre de paradoxe ou d'écartèlement personnel. D'une part elle accable de son mépris l'institution familiale :

(5) *Hélas ! La famille douce, ronde,*
Les gazouillis qu'eux savourent…
Puisque nous sommes venus au monde
En célestes de l'amour !

(10) *Et ils comprendront ! Que leurs yeux s'écarquillent*
Devant les crevasses obstinées :
Non pas monticule planté de familles, —
Mais cratère qu'on a déclenché !

On n'immobilisera pas le Vésuve
Par des vignes ! Avec du lin on
Ne tiendra pas un géant ! La folle étuve
Des lèvres suffit afin qu'en lion

Les vignes changées, se retournent soudain,
Crachant sur vous des laves de haine.
Vos filles seront rien moins que des putains
Et vos fils écriront des poèmes !

D'autre part elle admet la nécessaire chaleur de la « maison » :

(9) *Car il faut bien qu'au moins quelqu'un ait un toit*
Et un nid de cigogne au-dessus.

(9) *... Car il faut qu'un soupçon*
De maison *entre dans le* bonheur *d'au moins*
Quelqu'un, — de bonheur *— dans la maison !*

De bonheur — dans la maison, *d'amour dénué*
De fiction et de tension des veines !
C'est qu'il faut être femme et le supporter !
(Il fut bel et bien, quand tu venais,

(9) *Le bonheur — dans la maison !) D'amour tranquille,*
Sans que rupture et couteau s'imposent.
Des ruines de notre bonheur une ville
Se lèvera — d'époux et d'épouses.

Dans ces deux derniers vers resurgissent la véhémence, le mépris et toute l'amertume de la défaite. Dans tous les domaines

Tsvétaïéva réussit le tour de force d'être à la fois anarchiste et légitimiste.

Les surréalistes étaient plus cohérents, mais, finalement, de l'écriture automatique, que l'on peut considérer comme un apport expérimental à l'aventure littéraire, il reste, avec le recul du temps, une inconsistance due à l'excès d'arbitraire.

Leur but était le même : tenter de restituer par le langage le mouvement spontané, chaotique de l'émotion, de la pensée, de nos fulgurations internes.

Tsvétaïéva parvient mieux que nul autre à cette vitesse, sans toujours éviter l'arbitraire d'une subjectivité qui peut conduire à l'hermétisme, mais elle conserve une logique solide — celle de sa cohérence de poète dont la puissance est exceptionnelle, malgré des contradictions et des déchirements tels, qu'on peut se demander comment un être humain a pu les supporter pendant quarante-neuf ans !

Dans *Le Poème de la fin*, nous ne trouvons pas les capricieux méandres du désir, mais une femme implacable qui convoque l'homme qui l'a déçue devant le tribunal de l'amour — il s'agit pour elle d'une des plus hautes instances de l'humain, de sa destination éthique et poétique — et qui, dans un dialogue serré (qui, comme souvent chez elle, est surtout monologue et paroles prêtées à autrui), ne le lâche pas durant cette ultime promenade, jusqu'aux larmes finales de son compagnon : défaite de l'homme et tragique écorchement, échec de la femme. Donc fil directeur banal, mais constamment présent.

Une coopération active du lecteur doit lever bien des ambiguïtés, aboutir même, pour l'essentiel, à une clarté totale — tant de vers-aphorismes y aident [1] — et prendre l'habitude de

1. *Amour, cela veut dire : arc*
Tendu : arc, corde : l'accord craque.
(Le Poème de la fin)

Complice est l'amour, non police.
(Le Poème de la montagne - Postface)

sauter les chaînons manquants qui font partie de l'inessentiel, dans cet air raréfié des « cimes », du « sommet » ; les collines de Prague devenues montagnes — tel est le cliché de l'amour chez Tsvétaïéva, amour ailé, âprement, terrestrement sensuel, mais prêt à l'envol. L'opposition du bas et du haut distribue les valeurs de son éthique amoureuse :

(10) *Il ne vous sera pas donné, vous — fourmis,*
De bonheur d'en bas *sur ma montagne.*

(Le Poème de la montagne)

Rien ne détourne Tsvétaïéva du dialogue passionné avec autrui, l'épure de la tension fait le vide à l'entour : c'est une algèbre de la passion qui est suggérée par ses rythmes télescopés.

Les éclairs qui nous traversent à une vitesse qu'il semblait impossible de capter, Tsvétaïéva les fixe dans ses vers, comme nul autre poète à ma connaissance.

(7) *... — Prenez mon bras, — je prie !*
On n'est pas des bagnards en chaîne...

Décharge. (Main sur main — en fait !
Son âme sur ma main !) Comme arme
Qui charge, au long des fils en fièvre
Fait rage, — sa main sur mon âme !

(Le Poème de la fin)

Pas d'automatisme ici, mais spontanéité recréée par une intention artistique des plus vigilantes. Là aussi donc, but proche, mais démarche opposée à celle des surréalistes. L'hermétisme n'est que de surface, dû à l'accumulation de substantifs et aux ellipses verbales, mais la perplexité première ne résiste pas à une attention soutenue :

... (Main sur main — en fait !
Son âme sur ma main !)...

Puis le renversement final :

... — sa main sur mon âme.

Dialectique familière à Tsvétaïéva de l'amour charnel, enivrant, mais « bas » : et de l'amour spirituel — le vrai.

Ce talent par lequel s'inscrit cette vitesse lumineuse permet à Tsvétaïéva de réaliser le rêve de maints poètes : exprimer leur rythme psychique dans les moments de paroxysme, en se libérant des carcans littéraires quels qu'ils soient, des conventions qui imposent leurs lois rythmiques spécifiques.

Ce rythme était aussi celui de la vie émotionnelle de Tsvétaïéva.

Quelques faits : le héros du *Poème de la montagne* et du *Poème de la fin*, Constantin Rodzévitch, jeune officier russe qui était aussi l'ami du mari de Tsvétaïéva, Sergueï Efron, apparaît dans les deux poèmes comme une figure assez pâle. L'amour fou que lui voue Tsvétaïéva date de l'automne 1923.

Juste un an auparavant, en juin 1922 à Berlin, Marina Tsvétaïéva avait retrouvé son mari, engagé volontaire dans l'Armée blanche, lui qui avait disparu de son horizon quatre ans dans l'émigration — elle l'attendait désespérément, frénétiquement, lui dédiant de nombreux poèmes dans son recueil *Le Camp des cygnes*, elle qui lui avait fait le serment, dès leur mariage précoce, d'un lien éternel.

Ce Berlin russe où Tsvétaïéva passa un mois et demi est à la fois le temps des retrouvailles avec son époux tant espéré — mais dont elle dut bientôt reconnaître qu'il n'était pas le « saint Georges » de ses poèmes ; celui d'une amitié forte pour le poète André Biély (à qui elle consacrera des pages de sa prose tout aussi coupante et condensée que ses vers : *L'Esprit captif*) ; celui d'une autre amitié plus houleuse pour Ehrenbourg. C'est alors qu'elle fait également la connaissance du critique Marc Slonim qui saura sauver leur amitié au milieu des tempêtes tsvétaïéviennes et qui a laissé sur elle des témoignages précieux.

En voici un, rapporté par Maria Razumovsky dans son livre consacré à Tsvétaïéva : « Slonim raconte qu'elle était une interlocutrice extraordinaire et très difficile. Elle exigeait qu'on comprenne ses allusions, pensées, qu'on réponde du tac au tac, comme dans une partie de tennis, par des citations, des aphorismes — l'essentiel était pour elle la rapidité de la repartie. [...] Slonim dit qu'il en sortait épuisé. »

C'est aussi le temps d'un amour d'emblée déçu pour Vichniak, éditeur de la maison Hélikon. Une édition italienne a publié les lettres de Tsvétaïéva à Vichniak. La déception côtoie, sans nulle gêne, le paroxysme du sentiment.

Le héros de ses deux grands poèmes, Rodzévitch, sans doute parce qu'elle ne le juge pas digne d'une véritable incarnation littéraire ou parce qu'elle l'étouffe sous sa propre passion, la déçoit en peu de semaines, et la vraie rupture intervient fin décembre 1923.

Le 1er janvier 1924, ses poèmes prennent le relais pour crier sa douleur et la beauté de cet amour.

Tombée amoureuse de Rodzévitch, elle l'annonce à un jeune critique de vingt ans, Alexandre Bakhrach, à qui elle avait demandé dans une lettre du 15 juillet 1923 : « Vous êtes un étranger, mais je vous ai pris dans ma vie, je marche dans les rues poussiéreuses de mon village avec vous [...]. Je vous demande un miracle : un miracle de confiance, de compréhension, de renoncement. Je veux qu'à vingt ans vous soyez un vieillard de soixante-dix ans et un garçon de six ans. Je ne veux pas d'âge, pas de chiffres, pas de lutte, pas de barrières... »

Le 20 septembre 1923, elle écrit au même Bakhrach : « Cher ami, prenez votre courage à deux mains et écoutez-moi : quelque chose est fini. Maintenant le plus difficile est dit, écoutez la suite : j'en aime un autre. Plus simplement, plus grossièrement, plus honnêtement je ne saurais le dire. Comment est-ce arrivé ? Ah ! ami, *comment* ces choses-là arrivent-elles ? J'étais pleine de lourde mélancolie, quelqu'un a répondu. [...] Je vais vers une grande souffrance. » Ce nouvel amour est l'inspirateur de *La Montagne* et de *La Fin.*

Dans le même temps, elle est mentalement tout entière tournée vers Pasternak, rentré de Berlin en Russie, dont le recueil *Ma sœur la vie* l'a bouleversée et en qui elle reconnaît « un autre elle-même ». Dans une lettre qu'elle lui adresse, le 26 mai 1926[1], elle lui déclare :

Oui, tu ne le sais pas, j'ai des vers à toi dédiés, au plus fort de La Montagne (Le Poème de la fin, *c'est la même chose).*

Mais La Montagne, *c'est plus tôt, et une figure masculine d'entrée de jeu ardente, tout de suite à la note la plus haute, tandis que* Le Poème de la fin *est chagrin de femme déjà déchaîné, larmes lourdement jaillies, moi lorsque je me couche, non lorsque je me lève !* Le Poème de la montagne *est une montagne vue d'une autre.* Le Poème de la fin *est une montagne sur moi, je gis sous elle.*

Ajoutons que le 1er février 1925 naît son fils Guéorgui, dit Mour, et que le choix du prénoma fait l'objet de discussions tumultueuses avec son mari, car Tsvétaïéva rêvait de le prénommer Boris en l'honneur de sa lointaine idole.

Elle écrira à son amie Olga Tchernova (le 29 février 1925) : « Le nom de Boris est en moi, il est resté en moi, nulle part, comme toutes mes aspirations et tous mes rêves. [...] En l'appelant Guéorgui, je me suis réservé le droit de son Boris, d'un Boris de lui. Folle ? Non, rêves pour l'avenir. [...] Il ne m'est pas dévolu de vivre avec Boris Pasternak. Pour la même raison, pour les deux mêmes raisons (Sergueï et moi) pour lesquelles Boris n'est pas devenu Boris, mais Guéorgui : l'impossibilité tragique de quitter Sérioja et la seconde, tout aussi tragique, de transformer l'Amour en vie quotidienne, de diviser l'Éternité en jours. Je ne peux pas vivre avec Boris Pasternak, mais je veux un fils de lui, pour qu'il vive en lui à travers moi. Si cela ne se fait pas, le sens de ma vie n'aura pas été accompli. »

1. *Correspondance à trois*, Gallimard, 1983.

Autre fait, hautement passionnel, dans cet espace de deux-trois ans — son vipérin poème *Tentative de jalousie*, du 19 novembre 1924, adressé à Marc Slonim, mais tout aussi bien à son héros des cimes, Rodzévitch, — des cimes, puis de la descente vers les faubourgs :

Comment ça va la vie avec une autre ?

...
Comment ça va, l'ami ? Plus douloureux,
Moins douloureux, que pour moi près d'un autre ?

Autre passion déçue, donc, pendant son court passage à Berlin, lors même qu'elle retrouve son mari ; la figure de ce dernier restera pâle dans ses poèmes, même si son amour pour lui, bien qu'ébranlé, demeure viscéral et fort sa vie durant.

Éprise de Vichniak, elle sent d'emblée que son goût pour lui est vicié. En témoignent les lettres qu'elle lui a écrites en juin 1923, lettres qu'elle réécrit en français dix ans plus tard. L'édition italienne *Le notti fiorentine* de 1983 [1] nous fait cadeau de ces textes français extraordinaires et de ce nouveau surgissement de passion à un moment pour le moins inattendu (où prend-elle l'étoffe de tant d'amour ? Car chacun est entier, exclusif, extrême). Elle nous livre même une lettre inédite du mystérieux Sergueï Efron qui éclaire le rapport des époux [2].

Efron écrit à Max Volochine, homme et poète solaire chez qui Sergueï et Marina avaient fait connaissance. Cette lettre date de janvier 1924 — deux ans après qu'il a retrouvé sa femme. « Mes relations avec Marina sont au point mort [...]. Marina est une créature de passion. Maintenant plus qu'avant — qu'avant mon départ. Se jeter, la tête la première, dans l'ouragan, c'est devenu pour elle une nécessité, l'air de sa vie. [...]

1. Suivie de l'édition française, *Neuf lettres...*, Clémence Hiver, 1985 (N.d.É.).
2. L'original se trouve dans un recueil d'archives privées soviétiques.

La seule chose qui la soulage, c'est l'apparition d'un nouvel amour. Son objet est sans importance, ce qui compte c'est le comment. Ce n'est pas sa substance, ni sa source, mais son rythme, son rythme démoniaque. Aujourd'hui le désespoir, demain l'enthousiasme, l'amour, un nouveau jaillissement de l'âme et du corps, et le jour suivant, de nouveau, le désespoir. [...] Et tout cela en présence d'une intelligence aiguë, froide (cyniquement voltairienne pourrait-on dire). [...] Tout est transféré dans ses livres. » Plus loin Efron la compare à un poêle : quand le bois est mauvais, dit-il, il brûle vite. « Ce n'est pas moi qui allume le poêle, ce n'est pas moi, je m'en suis aperçu dès mon arrivée à Berlin. »

Modestement, donc, Efron retient que c'est la frénésie de son propre rythme qui tient Marina dans cet état de haute tension en quête d'amour toujours neuf.

Les plus grands poèmes d'amour de Tsvétaïéva n'ont pas pour objet comme chez tant de ses illustres pairs — de Maïakovski à Apollinaire, à Aragon et bien d'autres — de rendre un culte à l'être aimé, de le rendre immortel (chez elle son existence réelle reste très floue, comme effacée). Mais son arrivée à Prague et le contexte émotionnel du séjour berlinois, depuis la découverte d'un frère-amour en la personne de Pasternak, jusqu'aux retrouvailles avec son cher « cygne blanc » entre autres ont peut-être favorisé l'explosion de passion de ces deux poèmes — passion dont la hauteur a rarement été atteinte au XXe siècle.

Elle ne se soucie pas de mettre l'aimé sur un piédestal, comme s'y sont employés ses contemporains, qui ont glorifié l'amour unique et éternel ; ceux-ci suggèrent le gage d'un choix personnel juste et gratifiant et se fortifient de l'idée d'une cohérence, d'une distinction individuelle — comme d'un aboutissement supérieur de la civilisation ; mais on peut tout aussi bien considérer cette attitude comme une sûre garantie prise contre le temps (cf. Breton, *Le Temps : cet ennemi à abattre*).

Elle, elle se jette dans l'inconnu, prenant tous les risques, sans justification intellectuelle aux changements rapides des objets de sa passion, ce qui doit être incompréhensible aux philistins. Seul compte à ses yeux le rythme authentique de cette haute tension qui l'habite et qui appelle les passions les unes après les autres ou les unes en même temps que les autres, comme autant de forces qui vont. C'est son courage. Et de le proclamer si haut, sans crainte des contradictions, devant le jugement du commun.

Ces trois années dont émergent *Le Poème de la montagne* et *Le Poème de la fin* ne sont qu'un exemple dans sa vie qui fut un perpétuel ouragan, où s'alliaient parfois mariage et passion homosexuelle, amour pour des jeunes gens et idolâtrie de vieux sages, tels que le prince Volkonski, ou frères en poésie idolâtrés eux aussi, à peine rencontrés ou jamais vus — Pasternak, Rilke —, ou Blok mort (le poète des poètes, l'égal de Rilke, ou peut-être même, encore plus que ce dernier, l'origine de toute poésie).

Tsvétaïéva était capable de redédicacer ses poèmes.

Comme d'affirmer dans la *Correspondance à trois* dans sa lettre à Pasternak du 9 février 1927, donc juste après la mort de Rilke : « … Voici quelque chose de très important, Boris, dont je voulais te parler depuis longtemps. Les vers sur toi et sur moi (le début de *Tentative de chambre*) se sont révélés, *à chaque ligne*, comme des vers sur lui et moi. Il s'est produit une curieuse substitution : le poème a été écrit à un moment d'intense concentration, mais en fait, il était dirigé — et par conscience et par volonté — vers toi. »

Ces interférences de passions pour différentes personnes, avouées aux intéressés, montrent une fois de plus ce courage exceptionnel de Tsvétaïéva qui dit ce qui se passe en elle, sans égard pour les repères psychologiques, sociaux et même poétiques. On dirait qu'elle n'envisage pas cette dépersonnalisation, *a priori* blessante pour l'ami qui, dans les yeux de l'autre, tient avant tout à paraître comme un individu unique, incomparable. Elle a son idée — de cet autre qu'elle a façonné d'emblée à l'image de sa propre attente d'autrui.

Narcissisme exacerbé de sa part, qui noie l'autre dans la fascination de ce regard trop envahi de lui-même ? Ou bien anonymat du désir qui est le lot inavoué de chacun ? Aucune théorie psychologique ou psychanalytique chez elle n'appuie ces humeurs qui vont tellement contre le courant des comportements habituels, même ceux des poètes.

Lou Andréas-Salomé, compatriote de Tsvétaïéva, femme de grand talent, émancipée pour son temps, a pour point commun avec elle la passion de l'amour. Autre point commun : leur relation privilégiée avec le poète Rilke, mais il s'agit du côté de Lou Andréas-Salomé d'un amour réalisé et réciproque. Celle-ci fut en même temps une des interlocutrices favorites de Freud. Elle n'était pas poète, bien qu'adorant la poésie ; mais son impétuosité vitale (qui évoque aussi Tsvétaïéva : ses passions successives) ne sera jamais amoindrie par une recherche intellectuelle permanente sur la nature et le fonctionnement de ce que l'on nomme « amour », mais alors à distance de tout tumulte lyrique.

Donc chez Tsvétaïéva — autarcie d'un imaginaire qui la condamne à une forme de non-réciprocité (elle qui rêve d'être une fois « l'aimée » et non « l'aimante ») et qui devient synonyme de dépersonnalisation d'autrui et de soi, malgré l'acuité de son regard sur l'autre, sa perspicacité des plus rares.

Cet anonymat du désir de l'autre, tant relevé par la psychanalyse moderne, au point que les mots « amour », « passion » en sont vidés de leur substance comme autant d'illusions que se forge le sujet dans son appel, ancien comme l'enfance, lorsqu'il demande éperdument la reconnaissance de sa personne sur cette terre.

Tsvétaïéva ne souscrirait pas à ces propos, tant l'amour existait pour elle avec la solidité de l'objet, de l'arbre, de la table. La haute tension permanente de toute une vie met le feu à des objets d'amour plus souvent indignes que dignes — peu importe : sa vie, qui n'existe que transfigurée par l'art, et son œuvre qui n'est rien, dit-elle, à côté de la vie qui est « sa spécialité » vont à la même vitesse. Dans la tragédie : car la vie demeure lente et Tsvétaïéva ne peut qu'affronter de son courage altier ce piétinement qui rend l'homme fou de son état, elle ne peut que se vouer à cette dévoration intérieure : l'impatience d'autre chose.

Ève Malleret

CHRONOLOGIE DE LA VIE ET DES ŒUVRES DE MARINA TSVÉTAÏÉVA

(1892-1941)

1892. *26 septembre* : naissance de Marina Tsvétaïéva à Moscou. Fille de l'historien d'art Ivan Tsvétaïev (fondateur du musée des Beaux-Arts, actuellement musée Pouchkine), lequel était veuf, père de deux enfants, et de Maria Mein, pianiste.

1894. Naissance de sa sœur Anastassia, dite Assia.

1898. Marina est inscrite dans une école de musique. Sa mère voulait qu'elle devienne musicienne.

1902. La famille part en Italie, à Nervi, près de Gênes, pour soigner Maria Mein, atteinte de tuberculose.
Rencontre de Marina et de la mer, « l'espace des espaces ».

1903. Ivan Tsvétaïev rentre à Moscou. Les filles, Assia et Marina, entrent comme internes dans une école française à Lausanne.

1904. Les filles passent l'été dans la Forêt-Noire avec leurs parents. À l'automne, Marina est inscrite dans un collège de Fribourg. Elle écrit des vers en allemand.

1906. *5 juillet* : mort de Maria Mein, la mère de Marina Tsvétaïéva. Marina est interne dans plusieurs écoles de Moscou. Étés passés à Taroussa, près de Kalouga, dans la maison familiale.

1908. À 16 ans, Marina part seule en France pour voir jouer Sarah Bernhardt dans le rôle de l'Aiglon. Elle voue un culte à Napoléon — et habite d'ailleurs rue Bonaparte.

1910. Parution de son premier recueil, *L'Album du soir*.

1911. Au printemps, alors qu'elle était invitée chez Max Volochine à Koktebel, en Crimée, elle rencontre son futur mari, Sergueï Efron, qu'elle épousera en janvier 1912.

1912. *Septembre* : naissance de sa fille Ariadna Efron, dite Alia.

1913. Parution de son deuxième livre, *La Lanterne magique.*
30 août : mort de son père Ivan Tsvétaïev.

1914. Première Guerre mondiale : Sergueï Efron part au front comme infirmier malgré sa mauvaise santé (tuberculose).

1915. *Juillet* : rencontre à Koktebel Ossip Mandelstam, à qui elle « offrira » Moscou l'année suivante.
Liaison avec Sofia Parnok.

1917. Sergueï Efron se bat dans les rangs de l'Armée blanche.
Parution de *Verstes.*
Marina Tsvétaïéva écrit *Le Camp des cygnes* à la gloire de l'Armée blanche.
Avril : naissance de sa seconde fille, Irina.

1918. Conditions de vie très dures à Moscou. Marina Tsvétaïéva travaille cinq mois et demi au Narkomnats (commissariat du peuple aux Nationalités).

1919. Liée aux milieux du théâtre Vakhtangov ; amour pour un acteur, Youri Zavadski (héros principal d'une des six pièces qu'elle écrit alors : *La Tempête*).
Amitié passionnée pour la jeune actrice Sonia Holliday.
Suicide de l'acteur Stakhovitch, une passion de Marina Tsvétaïéva.

1920. *20 février* : mort de sa fille Irina (malnutrition).
Juillet-septembre : elle se consacre au poème *Le Tsar-demoiselle.*

1921. Amitié passionnée pour le vieux prince André Volkonski.
Elle écrit un poème épique, *Sur le cheval rouge.*
Elle commence un nouveau recueil de vers, *Le Métier,* qui sera imprimé à Berlin en 1923.

7 août : mort du poète Alexandre Blok. Cycle de poèmes *À Blok.*

1922. *Mai* : départ avec sa fille pour Berlin où elle doit retrouver son mari.

Séjour à Berlin du 11 juin au 31 juillet 1922.

24 juillet : quinze écrivains russes se réunissent au Prager Diel (Tsvétaïéva, Ehrenbourg, Pasternak, Chklovski...).

1er août : arrivée de la famille Efron en Tchécoslovaquie. Aide financière du gouvernement tchèque. La famille s'installe à Horni Mokropsy, un village des environs de Prague.

Septembre : Tsvétaïéva fait la connaissance d'Anna Teskova qui dirige le fonds d'aide aux émigrés russes et avec qui elle sera en correspondance pendant 17 ans jusqu'à son retour en URSS.

1923. Amour fou pour Rodzévitch, le héros du *Poème de la montagne* et du *Poème de la fin* (écrits d'octobre 1923 à juin 1924).

1924. La famille Efron s'installe à Vchénory, dans la banlieue de Prague.

Elle écrit *Ariadna*, une pièce de théâtre.

1925. *1er février* : naissance de son fils Guéorgi, dit Mour.

Elle écrit *Le Charmeur de rats.*

31 octobre : départ de la famille pour Paris.

1926. Grâce à l'entremise de Pasternak, Tsvétaïéva reçoit de Rilke *Les Élégies de Duino* et *Les Sonnets à Orphée.* Début d'une correspondance avec Rilke.

Essai : *Le Poète et la critique.*

29 décembre : mort de Rilke.

1927. Installation de la famille Efron à Meudon.

Septembre : Assia vient de Moscou rendre visite à sa sœur : elle la trouve dans un grand état de lassitude physique et morale. Pasternak tente alors (mais sans succès) d'intervenir pour faire rentrer Tsvétaïéva à Moscou.

1928. Amitié passionnée pour un jeune poète russe de l'émigration, Nicolaï Gronski.
Sortie à Paris du recueil *Après la Russie.*
7 novembre : soirée poétique de Maïakovski à Paris. Tsvétaïéva rend hommage à sa force poétique et s'aliène les milieux de l'émigration.

1929. Lecture publique du *Gars* dans sa propre traduction. Échec.

1930. *14 avril* : suicide de Maïakovski. Tsvétaïéva lui dédie un cycle de poèmes.

1931. Cycle de poèmes à Pouchkine.

1932. Situation financière dramatique de la famille Efron. Déménagement à Clamart.
Essais théoriques sur l'art : *L'Art à la lumière de la conscience. Lettre à l'Amazone* (en français).
Mort de Volochine.

1933. Début de la correspondance avec le critique Youri Ivask.

1934. *8 janvier* : mort de Biély ; Tsvétaïéva écrit *L'Esprit captif.*
Octobre : la famille Efron quitte Clamart pour Vanves.
Fin de l'année : mort de Nicolaï Gronski.

1935. Efron travaille pour les services secrets soviétiques. Tsvétaïéva l'ignore apparemment.
Délégation d'écrivains soviétiques à Paris à l'occasion d'un congrès antifasciste. Pasternak en fait partie ; Tsvétaïéva parle de leur « non-rencontre ».

1936. *Mai* : invitée en Belgique pour une lecture de poèmes, Tsvétaïéva lit entre autres *Mon père et son musée* et *Souvenirs sur Kouzmine* (le poète Kouzmine est mort en 1936).

1937. *15 mars* : départ d'Alia pour Moscou.
Tsvétaïéva apprend la mort de l'actrice Sonia Holliday : elle écrit son *Récit sur Soniétchka.*
Publication de *Pouchkine et Pougatchov.*
Sergueï Efron est mêlé à une sombre histoire : le

cadavre d'Ignace Reiss, agent de la GPU qui avait déserté, est retrouvé à Lausanne. Efron part pour Moscou.

1938. Tsvétaïéva reste seule en France avec son fils. Elle commence des démarches pour rejoindre son mari et sa fille.

Été 1938 : elle abandonne son appartement de Vanves pour une chambre d'hôtel, boulevard Pasteur.

10 octobre : les troupes allemandes occupent la Tchécoslovaquie. Poèmes à la Tchécoslovaquie.

Échange épistolaire intense avec Anna Teskova durant tout l'hiver 1938-1939.

1939. *12 juin* : départ pour Moscou avec son fils.

27 août : arrestation d'Alia à 27 ans (elle reviendra du bagne et de l'exil à 43 ans) suivie de l'arrestation de Sergueï Efron en octobre.

1940. Tsvétaïéva passe l'hiver et le printemps dans une maison de l'Union des écrivains.

Rencontre de la poétesse Anna Akhmatova.

1941. *22 juin* : les troupes allemandes franchissent la frontière de l'Union soviétique.

21 août : Tsvétaïéva et son fils sont évacués à Elabouga, en Tatarie.

31 août : suicide de Tsvétaïéva.

4 septembre : Mour part comme volontaire au front ; il sera tué en juillet 1944 en Lettonie.

16 octobre : Sergueï Efron est exécuté.

ÈVE MALLERET

NOTE DE L'ÉDITEUR

Ce volume regroupe les poèmes publiés en 1987 aux Cahiers des Brisants sous le titre, emprunté à un vers de Tsvétaïéva (p. 62), *Le ciel brûle* et les textes édités par La Découverte en 1986 et intitulés *Tentative de jalousie & autres poèmes*. La traduction du premier recueil a été entièrement revue par Pierre Léon.

Nous avons par ailleurs supprimé deux doublons, retenant la traduction de Pierre Léon pour *D'où me vient la tendresse* et celle d'Ève Malleret pour *De pierre sont les uns...*

Z. B.

BIBLIOGRAPHIE

POÉSIE

Poèmes, trad. Elsa Triolet, Gallimard, 1968.
Vœux de Nouvel An, trad. Véronique Lossky et André du Bouchet, *L'Éphémère,* n° 17, 1971.
Insomnie, trad. Christian Riguet, *Alidades,* n° 1, 1982.
Le Poème de la montagne. Le Poème de la fin, trad. Ève Malleret (éd. bilingue), L'Âge d'Homme, 1984.
Tentative de jalousie & autres poèmes, trad. Ève Malleret, La Découverte, 1986.
Le ciel brûle, trad. Pierre Léon, Les Cahiers des Brisants, 1987.
Les Arbres, trad. André Markowicz, Clémence Hiver, 1989.
Le Gars, Clémence Hiver, 1991 ; Des Femmes, 1992 (traduit en français par l'auteur elle-même).
L'Offense lyrique, trad. Henri Deluy, Fourbis, 1992.
Après la Russie, trad. Bernard Kreise, Rivages Poche, 1993.
Poèmes, trad. Henri Abril, Gaby Larriac *et al.,* introd. d'Ariadna Efron (éd. bilingue), Éditions du Globe, 1993.
Sans lui, avec Sophie Parnok, trad. Henri Deluy, Fourbis, 1994.
Le Poème de l'air, trad. Véronique Lossky et Jacques Darras, Le Cri, 1994.
Séparation, trad. O. des Fontenelles, Casimi, 1995.
Poèmes dans *Anthologie de la poésie russe,* Katia Granoff, Gallimard, 1961, *Poésie*/Gallimard, 1993 ; *Anthologie de la poésie russe,* Nikita Struve, Aubier-Flammarion, 1970 ; *La Planche de vivre,* trad. René Char et Tina Jolas, Gallimard, 1981, *Poésie*/Gallimard, 1995 ; *Poésie russe. Anthologie du* XVIII*e* *au* XX*e* *siècle,* édition d'Efim Etkind, la Découverte/Maspero, 1983.

THÉÂTRE

Ariane, trad. Sylvie Técoutoff, l'Âge d'Homme, 1979.

Phèdre, trad. Jean-Pierre Morel, Actes Sud, 1991.

Romantika (Le Valet de cœur, La Tempête de neige, La Fortune, L'Ange de Pierre, Une aventure, Le Phénix), trad. Hélène Henry, Gallimard, 1998.

Une aventure, trad. Nicolas Struve — *Le Phénix,* trad. Zéno Bianu et Tonia Galievsky, Clémence Hiver, 2002.

PROSES

Le Diable et autres récits, trad. Véronique Lossky, L'Âge d'Homme, 1979 ; Le Livre de Poche Biblio, 1995.

Mon frère féminin, Mercure de France, 1979 (écrit en français) ; coll. « Le petit Mercure », 2007.

L'Art à la lumière de la conscience, trad. Véronique Lossky, Le Temps qu'il fait, 1987.

Indices terrestres, trad. Véronique Lossky, Clémence Hiver, 1987.

Mon Pouchkine suivi de *Pouchkine et Pougatchov,* trad. André Markowicz, Clémence Hiver, 1987.

Le Conte de ma mère, trad. Véronique Lossky, *Le Nouveau Commerce,* n° 65-66, 1988.

Les Flagellantes, trad. Denise Yoccoz-Neugnot, Clémence Hiver, 1989.

Averse de lumière, trad. Denise Yoccoz-Neugnot, Clémence Hiver, 1989.

Le Poète et le Temps, trad. Véronique Lossky, Le Temps qu'il fait, 1989.

Le Poète et la Critique, trad. Véronique Lossky, Le Temps qu'il fait, 1989.

Histoire d'une dédicace, trad. Janka Kaempfer-Waniewicz, Le Temps qu'il fait, 1989.

Nathalie Gontcharova. Sa vie, son œuvre, trad. Véronique Lossky, Clémence Hiver, 1990.

Histoire de Sonetchka, trad. Véronique Lossky, Clémence Hiver, 1991.

De vie à vie ; Ici-Haut. Maximilian Volochine, trad. André Markowicz, Clémence Hiver, 1991.
Assurance sur la vie — Le Chinois, trad. Véronique Lossky, Clémence Hiver, 1991.
Des poètes : Maïakovski, Pasternak, Kouzmine, Volochine, édition d'Efim Etkind, trad. Dimitri Sesemann, Des Femmes, 1992.
Vivre dans le feu. Confessions, édition de Tzretan Todorov , trad. Nadine Dubourvieux, Robert Laffont, 2005 ; Le Livre de Poche Biblio, 2008.
Les Carnets, édition de Luba Jurgenson, trad. Éveline Amoursky et Nadine Dubourvieux, Éditions des Syrtes, 2008.

CORRESPONDANCE

Correspondance à trois (été 1926), avec Boris Pasternak et Rainer Maria Rilke, trad. Lily Denis, Ève Malleret et Philippe Jaccottet, Gallimard, 1983.
Neuf lettres avec une dixième retenue et une onzième reçue, Clémence Hiver, 1985 (écrit en français).
Lettre à Véra Merkourieva (31 août 1940), trad. Lucien Lebet, *La Nouvelle Alternative,* n° 7, 1987.
Quinze lettres à Boris Pasternak, édition et traduction de Nadine Dubourvieux, Clémence Hiver,.1991.
Lettres à Anna Tesková (1922-1939), édition et traduction de Nadine Dubourvieux, Clémence Hiver 2002.
Lettres à Anna, trad. Éveline Amoursky, Éditions des Syrtes, 2003.
Lettres du grenier de Wilno, traduites par Éveline Amoursky, Éditions des Syrtes, 2004.
Correspondance Marina Tsvetaeva/Boris Pasternak (1922-1936), traduit par Éveline Amoursky et Luba Jurgenson, Éditions des Syrtes, 2005.
Cet été-là, correspondance Marina Tsvetaeva/Nicolaï Gronski, traduit par Chantal Houlon-Crespel, Éditions des Syrtes, 2005.
Lettres de la Montagne & Lettres de la fin, traduit par Nicolas Struve, Clémence Hiver, 2006.

Baptiste-Marrey, *Ode aux poètes pris dans les glaces,* Actes Sud, 1984.

Véronique Lossky, *Marina Tsvétaéva. Un itinéraire poétique,* Solin, 1987.

Ariadna Efron et Boris Pasternak, *Lettres d'exil (1948-1957),* trad. Simone Luciani, Albin Michel, 1988.

Joseph Brodsky, *Loin de Byzance,* trad. Laurence Dyèvre et Véronique Schiltz, Fayard, 1988.

Maria Razumovsky, *Marina Tsvétaeva, Mythe et réalité,* trad. Alexandre Pletnioff-Boutin, Noir sur Blanc, 1988.

Véronique Lossky, *Marina Tsvétaéva,* Seghers, coll. « Poètes d'aujourd'hui », 1990.

Maria Belkina, *Le Destin tragique de Marina Tsvétaeva,* trad. Wladimir Berelowitch, Albin Michel, 1992.

Rauda Jamis, *L'espérance est violente. Évocation de Marina Tsvétaeva,* Nil éditions, 1994.

Dominique Desanti, *Le Roman de Marina,* Belfond, 1994.

Véronique Lossky, *Chants de femmes (Akhmatova et Tsvétaeva),* Le Cri, 1994.

Michèle Magny, *Marina, le dernier rose aux joues,* Actes Sud, 1994.

Claude Delay, *Marina Tsvétaeva. Une ferveur tragique,* Plon, 1997.

Henri Troyat, *Marina Tsvetaeva, l'éternelle insurgée,* Grasset, 2001.

Linda Lê, *Marina Tsvétaïéva. Comment ça va la vie ?* Jean-Michel Place/Poésie, 2002.

Anastassia Tsvétaéva, *Souvenirs,* trad. Michèle Kahn, Actes Sud/Solin, 2003.

Ariadna Efron, *Marina Tsvetaeva, ma mère,* trad. Simone Goblot, Éditions des Syrtes, 2008.

NOTES

LE CIEL BRÛLE[1]

Page 19. *Au salon*

Extrait de *L'Album du soir*, premier recueil publié par Marina Tsvétaïéva à compte d'auteur en 1910 et tiré à 500 exemplaires. Tsvétaïéva en envoya un exemplaire au poète symboliste Maximilien Volochine, qui salua la venue du nouveau poète dans un article publié en décembre 1910. C'était le début d'une longue amitié. À la mort du poète en 1932, Tsvétaïéva lui consacra l'un de ses plus beaux textes en prose, *De vie à vie.*

Page 22. *« Pareil à moi, tu passes... »*

Paru en 1915 dans le n° 5-6 des *Annales du Nord.* Ce poème, ainsi que la plupart de ceux écrits pendant cette période, qui se clôt en décembre 1915, était destiné au quatrième recueil de Marina Tsvétaïéva, *Poésies de jeunesse*, qui ne verra jamais le jour. C'est pourtant dans cette suite de compositions, tantôt lyriques, tantôt prophétiques, que se dessine avec fermeté l'art de Tsvétaïéva, à l'écart des grands mouvements artistiques de l'époque (acméisme, futurisme) : sa poésie, qui fait volontiers appel aux rythmes heurtés, parfois irréguliers (ce qui lui fut reproché), rompt avec la fluidité des symbolistes et s'engage dans un phrasé résolument sauvage et elliptique, plus musical

1. Notes de Pierre Léon.

que pictural, nourri de Heine, Hölderlin et Joukovski. Cette période finalement assez heureuse sur le plan artistique est placée sous le signe bienveillant et solaire de Maximilien Volochine, qui invite Marina Tsvétaïéva à lui rendre visite à Koktebel, en Crimée ; la maison qu'il y habite avec sa mère est à cette époque un havre de repos, de paix et de travail pour les poètes de l'Âge d'argent russe. C'est ici, lors de l'été 1911, qu'elle tombe amoureuse de Sergueï Efron, qu'elle épousera en janvier 1912. Dans son beau livre, Véronique Lossky a reconstitué avec soin la chronologie de la période koktebélienne et montré son importance dans l'œuvre de Tsvétaïéva (*Marina Tsvétaeva, itinéraire poétique*, Solin, 1987).

Page 26. *« Face contre terre, je suis couchée… »*

Dédié à M.S. Feldstein, qui épousera par la suite la sœur de Sergueï Efron.

Page 30. *« Être ce que nul ne veut être… »*

En 1938-1939, Tsvétaïéva supprima les deux premières et la quatrième strophes de ce poème. Les voici :

Être tendre, furieuse et bruyante
— Ô soif de vivre ! —,
Charmante, intelligente
Et adorable !

Plus tendre que tous ceux qui passent,
Coupable d'aucune faute…
— Et indignée que dans la tombe
Nous soyons tous égaux.

Oublier les surnoms, les pensées
Et les voix,
Mes vieux habits,
Mes yeux…

Page 32. *À S. E.*

La vie de Sergueï Efron (1893-1941), mari de Marina Tsvétaïéva, est un roman qui épouse l'histoire tragique de son pays. Ayant fui la Révolution avec l'armée blanche de Wrangel, il suit le chemin des émigrés de Constantinople à Paris, en passant par Prague et Berlin. C'est au début des années 30 qu'il est recruté par le NKVD. En 1937, il est mêlé de près à l'assassinat, en Suisse, d'Ignace Reiss, agent soviétique qui vient de rompre avec le régime stalinien, et doit quitter la France pour échapper à l'enquête policière. Ariane, la fille de Tsvétaïéva et Efron, demande la nationalité soviétique et rejoint son père. Puis c'est au tour de Tsvétaïéva de sauter le pas. Elle arrive à Moscou en juin 1939. Sa fille est arrêtée en août de la même année, son mari en octobre. Tsvétaïéva erre d'amis en amis, écrit à Beria, mais les amis d'hier se détournent, et Beria ne répond pas. Sergueï Efron sera exécuté le 16 octobre 1941, un mois et demi après que Marina se sera pendue à Elabouga.

Page 33. *« Je ne pense pas, ne me plains pas... »*

Ce poème, ainsi que le cycle qui le suit, est dédié à Piotr Efron, né en 1881, frère de Sergueï Efron, alors malade de la tuberculose.

Page 34. *À P. E.*

Comme pour les autres textes écrits avant 1918, les dates sont celles du calendrier julien, en décalage de douze jours sur le calendrier grégorien. Ce poème fut donc écrit le 28 juillet 1914 : pour Tsvétaïéva, ce jour marqua moins le début de la Première Guerre mondiale que la mort de son ami et beau-frère Piotr Efron.

Page 50. *Pour grand-mère*

Dédié à la mémoire de la grand-mère maternelle de Tsvétaïéva, ce poème s'inspire du portrait qui se trouvait dans la maison des Tsvétaïev, à Moscou. En réalité, comme Tsvétaïéva l'apprendra par la suite, ce tableau représentait son arrière-grand-mère, morte très jeune dans les années 1850, la comtesse Bernatskaïa.

Page 56. *« D'où me vient la tendresse... »*

Ce poème est dédié à Ossip Mandelstam, que Tsvétaïéva avait rencontré en juillet 1915 chez Maximilien Volochine, à Koktebel. À l'été 1916, Mandelstam rendra visite à Tsvétaïéva à Alexandrov, dans la région de Vladimir, épisode que la poétesse relate dans *Histoire d'une dédicace.*

Page 86. *Les yeux*

Ces yeux appartiennent à Mikhaïl Kouzmine (1875-1936), poète symboliste de tendance « clariste » (malheureusement inconnu en France), auteur de *Chants alexandrins*, dont Tsvétaïéva brosse le portrait dans *Une soirée d'ailleurs.* Alexandre Blok disait à propos de Kouzmine : « Il est étranger à chacun de nos jours, mais son chant vous appelle si tendrement que sa voix ne peut pas vous offenser ; elle laisse rarement indifférent et vient souvent rappeler à l'âme son merveilleux passé et son merveilleux avenir, oubliés dans l'agitation de notre quotidien de pierre et de fer. »

TENTATIVE DE JALOUSIE[1]

Page 93. *« Il en tomba combien dans cet abîme... »*

Une des premières poésies de M. Tsvétaïéva remarquée par les critiques. Dans une lettre de mars 1914, Tsvétaïéva écrit à un ami en lui envoyant ce poème : « Je ne crois pas du tout en Dieu et la vie d'outre-tombe. Il en résulte le désespoir, la peur de la vieillesse et de la mort. Impossibilité absolue de ma nature : prier et me soumettre. Un amour frénétique de la vie, une soif de vivre convulsive, fiévreuse... »

Page 95. *Aux Juifs*

Première publication en 1924, dans la revue *Annales du Nord*. Écrit à Moscou en 1916, ce poème a dû attendre huit ans pour paraître dans une revue d'émigrés, en France.

Page 96. *« Personne ne nous a rien ôté... »*

Page 97. *« Tu rejettes la tête en arrière... »*

Ces deux poèmes sont dédiés à Ossip Mandelstam, à l'époque jeune poète. « Au printemps 1916, j'ai fait à Mandelstam le don de Moscou », dira Tsvétaïéva dans un texte autobiographique (1931).

Page 99. *« ... J'aimerais vivre avec vous... »*

Première publication en URSS en 1965.

Page 101. *« À nouveau la fenêtre... »*

Écrit en 1916, ce poème fait partie du cycle *L'Insomnie* (11 poèmes, 1923).

1. Notes d'Efim Etkind.

Page 102. *« Même air mignon... »*

Tsvétaïéva a cité plusieurs fois le dernier vers de ce poème qu'elle trouvait très exact comme formule : « La haute bassesse de l'amour ».

Page 103. *« De pierre sont les uns... »*

Écrit en 1920, publié en 1965, presque un demi-siècle plus tard.

Page 104. *Sur le cheval rouge*

Publié en 1922 à Berlin, dédié à Anna Akhmatova. La fille de Tsvétaïéva, Ariadna, affirme dans ses Mémoires que le vrai héros du poème est le poète Alexandre Blok : Tsvétaïéva le considérait comme le génie de la poésie et en même temps comme le saint Georges de la Révolution russe, ce héros qui avait combattu le dragon. Plus tard, Tsvétaïéva a coupé une partie du texte ; nous reproduisons le poème intégral. C'est la dernière traduction d'Ève Malleret (janvier-mars 1984) achevée quelques jours avant sa mort.

Page 117. *La neige*

Publié dans l'*Anthologie de la littérature soviétique* (1918-1934) de George Reavey et Marc Slonim, Gallimard, 1935, avec la note : « 1923, traduit par l'auteur ». L'original russe n'a pas été retrouvé, ce qui laisse penser que *La neige* n'est pas une traduction, mais un poème écrit directement en français.

Page 119. *« Tu m'aimas dans la fausseté... »*

Écrit en 1923, publié en 1961. Adressé à Constantin Rodzévitch, le protagoniste du *Poème de la montagne* et du *Poème de la fin* (1924).

Page 120. *Le Poème de la montagne*

Page 131. *Le Poème de la fin*

Tous les renseignements nécessaires sont fournis par la traductrice p. 245.

Page 164. *Tentative de jalousie*

Publié dans le journal des émigrés russes *Les Dernières Nouvelles* (Paris) le 17 décembre 1925.

Page 167. *« Dis-tance : des verstes, des milliers... »*

Première publication dans le recueil *Après la Russie*, 1928. Adressé à Boris Pasternak.

Page 168. *Envoyé de la mer*

Écrit en mai 1926 en Vendée, publié à Paris en 1928. Ce poème est une lettre à Pasternak ; il est reproduit dans *Correspondance à trois* (Rilke-Pasternak-Tsvétaïéva) avec la note suivante qui concerne la lettre de Tsvétaïéva à Pasternak datée des 23, 24, 26 mai 1926 : « L'origine de cette lettre écrite en trois jours successifs est la reprise en prose d'un poème qu'elle composait alors : *Envoyé de la mer*, auquel elle fait maintes allusions » (p. 147).

Les Cenci : tragédie de Shelley où abondent incestes et parricides.

Na postu (En sentinelle) . revue littéraire (1923-1925) prolétarienne et dogmatique.

Page 177. *Tentative de chambre*

Daté du 6 juin 1926, publié en 1928. Adressé à Rilke et Pasternak (le premier titre était : *En guise de lettre*). Dans une lettre à Pasternak du 9 février 1927, Tsvétaïéva écrit : « Ces vers sur toi et moi (le début de *Tentative de chambre*) se sont révélés, *dans chaque ligne*, comme des vers sur lui et moi… » (*Correspondance à trois*, p. 263).

Dno : petite ville russe près de Pskov où le dernier tsar a abdiqué.

Danzas : un ami de Pouchkine et son second pendant le dernier duel.

Dantès : qui tua Pouchkine en duel.

Nuit de mai : titre d'un récit fantastique de Gogol (1822).

Page 188. *Lettre de Nouvel An*

Daté du 7 février 1927, ce poème est une réaction à la mort de Rilke, le 29 décembre 1926, dont Tsvétaïéva fut informée deux jours plus tard, le 31 décembre. Le jour même elle écrivit à Rilke une lettre en prose où elle disait : « Nous n'avons jamais cru à une rencontre ici : pas plus qu'à l'ici, n'est-ce pas ? Tu m'as précédée pour mettre un peu d'ordre — non pas dans la chambre, ni dans la maison — dans le paysage, pour ma bienvenue » (*Correspondance à trois*, p. 255).

Rarogne : village suisse où Rilke est enterré.

Page 196. *Le mal du pays*

Une des poésies de Tsvétaïéva les plus connues. Réponse au poème de Boris Pasternak *À Marina Tsvétaïéva* (1928). Lidia Tchoukovskaïa, auteur de Mémoires sur Tsvétaïéva, raconte que pendant la guerre, en évacuation à Tchistopol, Tsvétaïéva lui a récité *Le mal du pays* et s'est arrêtée après la strophe V (« Même ma langue maternelle/Aux sons lactés — je m'en défie… ») : « Elle se tut à cet endroit. Ce "Il m'est indifférent en quelle langue" avait été prononcé avec un mépris magnifique. D'un air provocant. Avec un orgueil passionné. » Et Tchoukovskaïa mentionne celui parmi tous les poètes qu'elle avait connus, qui avait le plus de ressemblance avec Tsvétaïéva, Maïakovski : « … lui aussi, il se hérissait comme une bête captive et sauvage, indomptable, au milieu des animaux apprivoisés » (« L'avant-mort de Marina Tsvétaïéva », revue *Passé-Présent*, 1984, n° 3, traduit par Ève Malleret).

Page 198. *Les lecteurs de la presse*

Écrit en 1935 à Paris (Vanves), publié vingt ans plus tard, en 1956, à Moscou.

Page 201. *Mars*

Huitième poème du dernier cycle de Tsvétaïéva *Vers à la Tchécoslovaquie*, écrit après le traité de Munich, en 1938-1939. Le cycle comprend deux parties : « Septembre » (en septembre 1938 le traité de Munich a été signé) et « Mars » (c'est le 15 mars 1939 que les troupes allemandes sont entrées à Prague). Première publication : 1956 (Moscou), sous le titre : *Les Allemands entrent à Prague.* Les vers « Au créateur, grand temps/De rendre mon billet » sont une citation de Dostoïevski ; dans *Les Frères Karamazov* (1879-1880), Ivan renonce à « l'Harmonie de l'avenir » qu'on peut atteindre moyennant des souffrances inimaginables de l'humanité. Il dit : « Je suis pressé de rendre mon billet, mon droit d'entrée... Non, je ne renonce pas à Dieu... Mais voilà : je lui rends mon billet. »

LE CIEL BRÛLE

TENTATIVE DE JALOUSIE

Le domaine russe
en Poésie/Gallimard

Anthologie de la poésie russe. Préface de Brice Parain. Édition de Katia Granoff.

L'horizon est en feu. Cinq poètes russes du XXe siècle : Blok, Akhmatova, Mandelstam, Tsvétaïéva, Brodsky. Édition de Jean-Baptiste Para.

Anna AKHMATOVA. *Requiem, Poème sans héros* et autres poèmes. Édition de Jean-Louis Backès.

Alexandre BLOK. *Le Monde terrible.* Édition de Pierre Léon.

Vladimir MAÏAKOVSKI. *À pleine voix* (anthologie poétique 1915-1930). Préface de Claude Frioux. Traduction de Christian David (septembre 2005).

Ossip MANDELSTAM. *Tristia* et autres poèmes. Édition de François Kérel.

Boris PASTERNAK. *Ma sœur la vie* et autres poèmes. Préface de Michel Aucouturier. Traduit sous la direction d'Hélène Henry.

Alexandre POUCHKINE. *Poésies.* Édition de Louis Martinez.

Marina TSVÉTAÏÉVA. *Le ciel brûle* suivi de *Tentative de jalousie.* Préface de Zéno Bianu. Traductions de Pierre Léon et Ève Malleret.

Ce volume,
le trois cent trente-huitième
de la collection Poésie,
a été achevé d'imprimer sur les presses
de l'imprimerie Bussière à Saint-Amand (Cher),
le 16 juin 2008.
Dépôt légal : juin 2008.
1er dépôt légal dans la collection : octobre 1999.
Numéro d'imprimeur : 081985/1.
ISBN 978-2-07-040360-8./Imprimé en France.

161620